（……逃げ出そうとしてる。ダメっ）
「……大丈夫だって。
逃げないから
起き上がってもいい？」
来《く》栖《す》瑠《る》璃《り》菜《な》
時期はずれの転校生。無口で淡々とした態度から、クラスに馴染めないでいる女の子。
鏑《かぶら》木《ぎ》律《りつ》
高校一年生。他人の心の声が聞こえる体質で、高校ではそれを活かし無難に立ち回る癖がついている。

霧《きり》崎《さき》涼《すず》音《ね》
鏑木と中学からの仲で、裏表がなく面倒見がいい姉御肌。
雛《ひな》森《もり》さくら
生徒会役員を務める完璧美人だが、実は腹黒なことが鏑木にはバレている。

松《ま》井《つい》胡桃《くるみ》
友達想いで、いつも明るいクラスのムードメーカー。

ドライヤーの場所を指さし、
タオルを彼女に渡す。
受け取った来栖は言われた通りに
体を拭こうとファスナーを少し下げて、
そこからタオルを入れる。
このような一連の動きが自然と
行われ……露わになった肌が
視界に入り、俺は顔を即座に逸らした。
「来栖、頼みがあるんだけど……」
（顔が赤い……。どうしたんだろう？）
「いや、なんというか。俺の……見てないところで」

喋らない来栖さん、心の中はスキでいっぱい。

紫ユウ

角川スニーカー文庫
23199

CONTENTS

design work：AFTERGLOW　illustration：ただのゆきこ

プロローグ

「く、来栖《くるす》さん……？　プリントをもらってもいい？　先生に頼まれてて……？」

「…………」

彼女は声をかけてきた男子を冷たい目で一瞥《いちべつ》すると、顔色一つ変えずにプリントを鞄《かばん》から取り出して、彼の手に置いた。

無表情で一連の動作を淀《よど》みなくされては、誰でも反応に困ることだろう。

現に、声をかけた彼も顔が引きつっていた。

「…………」

「あ……え、えーっと。その、ごめん」

凍《い》てつくような視線を彼女から向けられ、彼は反射的に謝った。それに呼応したのか、クラスに不穏な空気が流れている。

そんな空気を全く感じていないのだろう。終始、無言な彼女は手元にあったタブレットのカンペアプリに【謝罪不要】と書いてみせた。

「よ、よかった。それじゃあ……」

プリントを受け取った男子生徒は、逃げるようにその女子生徒から離れていった。

……ああ。またやってるな。

その様子を廊下から見ていた俺は、ため息をつく。

無口で表情の変化に乏しい彼女——来栖瑠璃菜《るりな》は声に出して喋《しゃべ》らない。

何か話すことがあっても、今みたいにタブレットに言葉を書いて端的に伝えてくるだけだ。

茨城県の進学校であるここに編入してから、そんな態度を貫き続けている。

良く言えば不思議系。悪く言えば無愛想。

近づき難《にく》い雰囲気を醸し出す彼女だが、それを更に加速させているのがその容姿だった。

腰まで伸びた銀色の髪は、錦糸のように煌《きら》めいている。それは、神話に出てきそうな天使やら神を彷彿《ほうふつ》とさせる姿をしていた。艶《つや》やかな髪は風が吹くとサラサラと揺れ、いい匂いが風にのせられ漂ってきそうであり、きめ細やかな白い肌は、つい手を伸ばしたくなるほど美しく芸術的だったのである。

そう、まさに芸術。ただ、そこに立っているだけでいつまでも見ていられるほどに——それぐらいの美少女。それも超が付くほどのもので学校一と言っても過言ではない。いや、間違いなく学校一だろう。

しかし、残念なことにそれらが災いして余計に近寄り辛《づら》い空気感になっている。恐れ多いと言えばいいだろうか。それに加え、頑張って話しかけても彼女は一向に喋らず無表情なままだ。

その結果、性格に難があると断定されてしまい、周囲から孤立してしまっている。

まぁそれは……当然と言えば当然だった。

だから、触らぬ神に祟《たた》りなしと言わんばかりに、みんなは最低限でしか関わろうとしない。

けど、だからと言って彼女自身が周囲に対して無感情や無関心であるわけではないのだ。

(……怒ってないことちゃんと伝わった？　うん……これは第一歩)

周りには彼女の気遣いや気持ちは伝わらないけど、本人は内心でそんなことを思っていた。

だから、俺は彼女に近づき、「来栖、少しいいか？」と話しかける。声に反応した来栖は振り向き、慌ててタブレットで返事を書き始めた。

【鏑木《かぶらぎ》君、こんにちは】

「よっ。えっと、今日の放課後も先生のところに行くんだけど来れるか？」

【行く(……至福の時。この為《ため》に生きている)】

「……問題ないね。まぁまた色々と練習かな。ひとつずつだよ、何事も」

【努力(……失敗ばかりはダメ……がんばろ)】

「ちなみにだけど、変に気負うなよ。誰だって失敗するときも上手《うま》くいく時もあるんだから。それに、努力する人間を嫌いにはならないよ」

【ガンバル】

「ははっ。片言って、緊張してるのがこっちにも伝わってくるなぁ。緊張するってことは、それだけ真剣なわけだから気持ちは少しずつでも伝わるよ」

　瑠璃菜はタブレットに書いた文字を消し、俺の顔をじっと見る。

（……どうしてこんなにも伝わるの？　これがリア充パワー……？）

「リア充って……いや、なんでもない」

　首を傾《かし》げ、見つめてくる来栖から視線を逸《そ》らし、咳払《せきばら》いをする。

「そうだ来栖。昨日、言っていたことは準備できた？」

【大丈夫（笑顔練習は完璧……これなら友達も）】

「そっか。それはよかった……じゃあ放課後な」

（……楽しみ過ぎて、どうしよう。早く放課後来ないかな？）

　来栖は首を縦に振り、じっと見つめてくる。一見、睨《にら》んでいるように見えるけど、彼女が楽しみでウキウキしていることが分かった。

　まぁ残念ながら彼女が頑張って作ろうとしている表情は、笑顔というよりは口角が僅かに上がるだけなため、周囲には誤解を生む結果になっているわけだが……。

「鏑木はすげぇよな。よくめげずに相手をしてるよ（俺だったら無理だわ……。怖いし、なるべく関わりたくない)」

俺が自分の席につくと、感心したような態度で他の生徒が話しかけてきた。

内心で悪口を言う彼に、気にした様子を見せることなくにこりと笑う。

「そう？　来栖は普通に良い子だし面白いよ」

「いやいや。そんなのわからないって！　喋らないし、頑張って話しかけても沈黙が長くてマジで気まずいだけだからっ！」

「ははっ」

「えー……笑うとこかそこ（ぶっちゃけ不気味とか思わないのか……？）」

周りからしたら、今の俺は『頑張って来栖の相手をしている』という、少し居た堪《たま》れない存在にしか思えないのだろう。

だからこそ、すげぇなという言葉には労《ねぎら》いの意味も込められているんだろう。


けど、誰も知らない。

クラスメイトも、先生も誰も知らない。

このコミュニケーション皆無に見えるやりとりが、成立していることを。

来栖瑠璃菜の内心が素直で可愛《かわい》いことを。

そして、俺——鏑木律《りつ》が【心の声を聞くことができる】ということを——誰も知らない。

第一章

喋らない彼女の心は可愛いしかない

——定期考査が終わった二月上旬。

試験勉強に熱を注ぎ込み過ぎてガス欠となった俺は、保健室に連れてこられていた。換気のために開いた窓からは、まだ冬の寒さの残りを感じさせるひんやりとした風が入り込んできている。

「いいから休め。どうせ寝不足だろ」

養護教諭であるさーや先生（望月沙耶香《もちづきさやか》）は、額に手を当てながら呆《あき》れ気味《ぎみ》にそう言い、俺をベッドへ転がした。

肩をすくめ、ため息をついているが先生の瞳には微《かす》かに心配の色が映っているようだ。

「ハハハ……さーや、先生。そうは言ってもテスト前は頭に詰め込まないとですから。良い成績をキープするのは楽ではないんですよ」

「はぁ。学生の本分は勉学だというが、だからと言って無理するなといつも言っているだろう？」

「いやいや、まだ倒れてないから大丈夫ですって。気を失ったわけではないですし、貧血気味でフラついた程度ですから」

「程度って……ったく、そもそも倒れるまでやろうとしていること自体が問題だ。気がついた時には過労で死んでいたなんてことは、この世の中ザラにあるんだからな……」

「先生が言うと説得力が違いますね」

「うるさい。いいからお前は自分の体を心配しろ」

「心配しなくても、もうこの通り元気ですよ。見てください、この力こぶ」

「……（しばくか、そろそろ。気絶でも安眠には違いないだろう）」

先生の怒気の混じった刺すような視線と大変に物騒な〝声〟を受け、俺はたじろいだ。目を逸らし先生の方を見ないようにすると、彼女は俺の頭を鷲摑《わしづか》みにして無理矢理《むりやり》、頭を捻《ひね》ってきた。

「ちょ痛いですって！」

「いいからほら鏑木《かぶらぎ》。口を開けて、その汚い口内を見せてみろ」

「そんなプレイ、俺は求めてな——」

「返事は〝はい〟か〝イエス〟だ。ドウユーアンダースタンド⁇」

「凄《すご》い下手な英語……って、選択肢に拒否権がないですよね⁉」

先生の有無を言わさない対応に気圧《けお》され、俺は促されるまま口を開けるしかなかった。

ライトを持ち出した先生は口の中を照らし、じーっと観察している。

「やはり少し赤い。微かに鼻声でもあるし……ふむ。寝不足による免疫力低下……まぁ風邪の一歩手前ってところだろうな」

「じゃあ大丈夫ですねー」

「……一応聞くが、吐き気とか喉の痛みはあるか？　正直に話してみろ」

ぎろりと鋭い眼光が俺へと向けられる。

あーダメだ。このパターンは少しでも話さない限り、逃がしてくれないやつだ。

信用ないな、ほんと。俺は嘆息し、諦めて話すことにした。

「えーっと……どちらかと言うと頭が痛いですね。いつも通り人酔いですが……」

「人酔いか……」

納得はいっていないが、それは仕方ないかと割り切ったようで、先生は眉間にしわを寄せ表情を曇らせた。

これは家族しか知らないことだが——俺の頭は子供の頃から人の心の声を拾ってしまう。

「どうして？」と言われても、物心がついた時からだから理由はわからない。

呼吸をするように、赤ちゃんが二足歩行で歩こうとするように、そんな当たり前の成長の中で勝手にそうなっていた。

でも『心の声が聞こえる』というのは何でもかんでも拾う便利なものではない。聞こえてくるのは、沈黙の時や会話が途切れるタイミングなど、人の思考が入る余地がある時だ。だから、会話が途切れていても俺からしたら普通の会話が続いているように、錯覚してしまうこともあった。

電車なんて特に地獄で、みんなべらべらと喋らない分、心の声がダダ漏れだ。

特に月曜日は、マイナス思考の会社員の主張が強い。

まぁ、こんな風に聞きたくないことも聞こえてしまう……だから、決していいことばかりではないわけだ。

人間、生きていれば誰しも本音と建前を分けるのは当たり前だ。本音ばかりを口にしては軋轢《あつれき》を生むし、そういうのを心に秘めて忖度《そんたく》する。だから、普通は聞こえることがない心の声は醜いことが多い。

例えば、言葉では「好き」と言っていても、内心では「とりあえずキープっと」みたいなことを思っているとか……。普通、毎日こんな声ばかりを聞き続けていれば、人間不信になって『人と関わることをやめよう』と思うかもしれない。

でも、この生活に慣れてきた俺はこれを不便で不幸なことだとは思っていない。

だって相手の気持ちを知るということは、上手く立ち回れるし、嫌われないことも容易になる。何が嫌で、逆鱗《げきりん》に触れてしまうかなども判断できるし、相手が特に伝えたいことは強く伝わってくるから、希望にも添いやすいのだ。

声を聞きすぎて頭痛が酷《ひど》くなる時はあるけれど、『心の声が聞こえる』という特技のお陰で、クラスでも確固たる立ち位置を築けているし、俺は概《おおむ》ね今の高校生活に満足している。

その分、努力をし続けないといけないわけだけど。

俺は、うーんと眉間にしわを寄せる先生を横目に、単語帳を開いた。

だが、単語を視界に捉えるより先に、本が俺の手元から取り上げられてしまう。

「勉強は禁止だ……。まさか学生にこんなことを言う日がくるなんて思ってもみなかったぞ」

先生は嘆息し、俺の顔を見る。

「ときに鏑木よ。風邪薬はちゃんと飲んでるんだろうな？　頭痛も酷いなら必須だろう？」

「いやいや何を言ってるんですか。病は気からですよ先生。俺は人間の自然治癒力に任せてるんです」

「ほぉ……」

先生は額に青筋を浮かべ、荒々しくコップを持ってくると俺の前に薬と一緒に置いた。

飲めと言わんばかりの形相に気圧され、俺は渋々口に入れる。

「なぁ前に言ったことを覚えているか……？」

「あー……あれですね。『ここは私に任せて先に行けっ！』ってやつ」

「違う」

「それとも『止まるんじゃねぇぞ……』と言って倒れた時の……」

「軽口を叩《たた》く余裕はあるようだなぁ～？」

「あー思い出しました。『結婚相手募集中！』ですね。たしかに先生、婚期を逃しそうですから」

「しばくぞ、貴様」

「――マジですいませんでした」

俺はベッドの上で体を丸めて土下座をする。

目がマジだったよ。あれは間違いなく人を殺す目……。

そんなことを考えていると、先生は俺の腕を持ち上げ、そのままベッドの上に転がした。

俺に布団をかけるとベッドの端に腰掛け、ふぅと息を吐く。

「後で起こすからそれまでは寝とくんだな。勝手に帰るなんてことはするなよ？」

「あー……すいません」

「全く、仕方のない奴《やつ》だ」

悪態をつきながらも、俺の額に冷えピタを貼ってくれて冷蔵庫からは氷嚢《ひょうのう》を持ってきてくれた。

「前にも言ったが、『我慢は美徳』ではないからな？　こんなこと続けていれば、いつかはぶっ倒れる」

「そこまではならないようにしますけど。良い成績をとり続けるのって、凡人には大変なんですよ」

「まぁ努力は認めるがな」

先生はいかにも不機嫌そうに、形のいい鼻をフンと鳴らした。

それから腕を上げて、うーんと伸びをする。

「毎度のことではあるが、たまには他人を頼ることを覚えろ。高校での出会いは一生ものだぞ？　今できた仲間とは大人になってからも会うし、支えてくれるような仲間や彼女がいれば息抜きができることも………あ」

「どうかしましたか？」

「鏑木。真面目な話、どうなんだ最近。彼女は出来たか？」

「まぁそれはいるってことで」

「つまりは継続中なんだな？」

「そうなりますね」

「トラブルを避けたい気持ちは分かるが、それだと今後も出来ないぞ？」

「いいですよ、別に」

俺がそう言うと先生は大きくため息をついて、呆《あき》れた様子をみせた。

居心地の良い空間や人間関係が崩壊の道を辿《たど》る一番の要因は、グループ内で発生する〝恋心〟という気持ちだ。いつの時代も色恋沙汰は面倒ごとしか生まない。

だから俺は、『彼女がいる？』と聞かれた時に『いるよ』ってことにしていた。

入学してから早い段階で吹聴《ふいちょう》して、そのお陰もあって告白も上手《うま》く躱《かわ》せているし、人間関係を壊すようなイベントには遭遇していない。

強いて言えば、クラスメイトのひとりが架空の彼女に張り合って挑発してくるぐらいだ。

「じゃあ……友達出来たのか？」

「悲しい顔をして、いない前提で言わないでくださいよ」

「お前、高校生にもなって未《いま》だにっていうのは……はぁぁ」

「いやいや！　話す相手ぐらいいますからっ！　ほら、いつも仲良しグループで行動してますし。それに彼女はいるってことにしてください」

「ほぉ……ま、それもそうか。無駄に顔広いしな、お前は。そう、無駄に」

「なんか……言葉に棘《とげ》がありません？　これでも人望が厚いんでトラブル解決には強いですよ」

「自分で言うな、自分で……。ったく頑張り過ぎて体を壊すんだから、私としては素直に喜べんよ」

先生は大きなため息をつき心配そうに俺を見る。

それが気まずくて、俺は顔を逸《そ》らした。

「そうだ。そんな無駄に顔が広くて、交友関係が広い鏑木に聞きたいことがあるんだがいいか？」

「いいですけど」

「今時の高校生はどうやって友達を作るんだ？」

「え、まさか……生徒に手を出すつもりで？」

「バカかお前は？　知っとく必要があるんだよ。生徒のメンタルケアも私の仕事の内だ」

「あーなるほど」

俺の言った軽口を流し、先生は何やら真面目な表情をした。

心の中で『力になれるアドバイスを』と思っていることから、どうやらこの後に友達関係で悩む生徒が来るらしい。そうなると、世話になっている身としては協力をしたいわけで。

「そうですね。今の時代、友達作りはSNSが主流で入学前にって感じかもしれません」

「うん？　SNSというと、それはミ○シィとか前○プロフィールのことか」

「いつの時代の人ですか。発言で年齢がバレますよ」

「う、うるさいなっ！　仕方ないだろう。そういうのはやらないんだから」

「早くガラケーをやめてスマホにした方がいいですって。どんどん時代に置いていかれて喪女って言われ――」

「いっぺん死ぬか？（お前を殺す）」

「あはは……それはご勘弁を」

心の中と言葉が完全に一致してたな……こわっ。

「ふんっ。別にいいだろう。ガラケーだっていいところはある。独自の進化を遂げたというのが、実に私好みで革新的だと思う。きっとこの先もなくならないだろうな、うんうん」

「こうやって考えが凝り固まって他を受け入れないところから老害が生まれるんでしょうねー」

「仏の顔も三度だからな、鏑木」

「うっす」

俺は運動部のような声をだした。それから、誤魔化《ごまか》すようにスマホの画面を見せる。

「SNSは普通にミンスタとかシイッターですよ。今どきの学生はほとんどやってます。ってか、やらないとスタートに間違いなく遅れますね。下手したら周回遅れかも」

「そんなにか？」

「ええ、まあ。『入学式で出会うより前に既に遊んだ』っていう人もいるぐらいですよ。趣味が合う者同士で事前にコミュニティ作り。これは基本ですね」

「な、なるほど」

「後は、積極的に話しかけに行くかですね。男子だと特に最初が様子見の人もいますから、案外動かないですよ。動かざること、山のごとしって感じで。だからこそファーストコンタクトは重要ですね」

「ふむふむ」

「ちなみに女子の場合はもっと早いですね。いえ、軽快な動きって言ったほうが正しいかもしれないです。すぐに集団ができて、けど残念ながらそれから分裂しますよ。合うもの同士、相応の立ち位置は空気感で結構決まりますね。潜在的な順位が生まれるのもこの頃かなって感じ」

先生はまじめにメモをとり、内容を一通り見返す。

額に手を当て、あからさまに疲れた表情を見せた。

「今の時代って生き辛《づら》そうだな……」

「まぁスマホとかネットが便利になった分、他に気苦労が増えるのは仕方ないですって。多様な変化に順応するしかないのが、生きていく上で辛いところですが」

「はぁぁ。相変わらず子供らしくなくて達観してるなー」

「いやだなぁ〜そんな褒めないでください。照れるじゃないですか」

「呆れてるだけだ、馬鹿者」

唇を笑わせながら、俺の胸をこつんと叩いてきた。

「まぁなので、転校生なんかだと途中から完成されたコミュニティに所属するのは大変かもしれないですね。それも性格に難があると余計に……」

「……そうか」

さーや先生は、残念そうに肩を落としため息をついた。

ノートを閉じ、頭をやや乱暴に掻《か》く。自分の力のなさが悔しいみたいだ。

沈黙が訪れ、なんとなく気まずい空気が流れる。

どうしようかと悩んでいると、タイミングよく保健室のドアをノックする音が聞こえ
「……入っていいのかな？」と、よく通る声が俺の耳に届いた。

聞いたことはないけど、つい聞き入ってしまうような声だな……。

先生は「ちょっと待ってくれ」とドア越しに声をかける。

そして俺の方を向くと、今度は優しく寝かせ体に布団をかけてくれた。

「……ありがとうございます」

「気にするな。もう慣れたよ」

「あははっ」

「笑うことか？　念のためにもう一度言うが、抜け出そうとするなよ？　私が戻るまでは
待っていろ。いいか、必ずだ」

「善処します」

「それはやらない奴の台詞《せりふ》だ。全く」

先生は嘆息して、カーテンを閉めて出ていった。

すると、保健室のドアが開いた音が聞こえ、「入るね」と先ほども聞こえた、透き通るような耳当たりの良い声が俺へ届く。

（さて、あいつに聞いた分、少しでも頑張らんとな！）

気合を入れる先生の声が聞こえ、俺は溜《た》まった疲れを吐き出すようにふぅと息を吐いた。

どうやら先生はやってきた生徒の対応で頭が一杯みたいだ。

じゃあ……もういいか。

俺は目を閉じ、寝る態勢をとる。

入ってきた人は気になるけど、眠すぎて体がまともに動かない。

でも――

「……いい声のお陰で、よく寝れそうだな」

気づいたら、それだけ口にしていた。

「あ……寝てる人がいる。静かにしないと」とそんな言葉が聞こえたところで、俺の意識は途切れた。

◇　◇　◇

微睡《まどろみ》の中、ふわりといい香りが鼻孔をくすぐる。

その匂いに誘われるかのように頭が少しずつクリアになってゆくようだった。

「……どんぐらい寝た？」

俺は目を擦《こす》りスマホを手に取り時間を見る。

どうやら結構寝ていたようで、一時間ほど経《た》っていた。

そのお陰か、重かった体が少し軽い。

ベッドから起き上がり、肩をゆっくりと回して凝りを解《ほぐ》す。

そんなことをしていると、先生と誰かの会話が耳に入ってきた。

「ほら、転校してきて一か月は経ったが……学校には馴染《なじ》めたか？」

「……馴染めたどころか、誰も近寄ってこない。何が悪いのかな？」

「えっとそうだ！　自分からは話しかけているか？　何事も積極的にいかないと道は切り開けないぞ。SNSを利用するとか、連絡先の交換とかはどうだろう」

「……うん。けど、みんな『ちょっと用事が』って忙しそうだよ。交換したくても直《す》ぐいなくなっちゃう」

「うむ。なるほどなぁ……」

悲しい会話を聞いてしまい俺の顔が引きつった。さっきまで感じていた寝起きの心地よさは一瞬で霧散し、なんとも言えない気持ち悪さが胃に生まれている。

あーこれは聞いてはダメなやつだ。これじゃあ、カーテンを開けて出ていくことも出来ないし困ったな。話す前だったら、今起きたことを装って出て行けば良かったが……。

俺は嘆息し、息を潜める。早く会話が終わってくれと願いながらじっと待つことにした。

「え、遠慮はしなくていいぞ。私は誰にも口外しないし、不安に思うことがあったら何でも聞いてくれ！」

「……先生に頼りすぎても迷惑になる」

「そうか⁇　私は気にしない」

「……ううん。自分で頑張るから」

「頑張り屋なのは認めるが……。その、どうしたもんかなぁ〜」

相談者の頑《かたく》なな態度に、いつも勢いのある先生が押されているようだ。

言葉に詰まり、あたふたとしている。勝ち気で気の強い先生にしては珍しい。

ってか、この学校に先生が物怖《ものお》じするような生徒いたのか？

年上に対しても負けん気が強いのに……マジで初耳なんだが……。

まぁ先生が対応に困るのも仕方ないか。

人間関係についての相談っていうのは、どこに地雷原があるかわからない。踏み抜かないように、慎重に言葉を選ぶしかないから対応が難しいんだよ。

先生という立場だと発言の重みが違うから余計に気を遣う……大変そうだな。

案の定、『どうすれば……上手《うま》くいくんだ？』と悩む声が何度も聞こえてくる。

カーテン越しでよくわからないけど、弱気な声だからおそらく先生の心の声なのだろう。

「えっとそうだ！　前に話したが、何か参考になる人物はいなかったか？　そういう奴《やつ》を観察して、真似《まね》できそうなことから始めるのも手だぞ」

「……隣のクラスにいる。同じクラスにも凄《すご》く仲が良いキラキラした女の子たちも……でも、私には真似はできそうにない」

「隣って……ああ、鏑木か？」

「……うん。友達たくさんで凄い。優しくて密《ひそ》かに尊敬してるよ」

「あー、いや。あいつは確かに凄いが、実際はただのカッコつけだぞ？　馬鹿丸出しで、ろくでもないからな⁇」

おい、こら養護教諭。人の悪口を吹き込むなよ。

物申したいのは山々だけど俺は出そうになる声を飲み込み、ぐっと堪《こら》えることにした。

「……そうかな？　私と違って良い話しか聞かないよ？」

「表面だけだとわからんよなぁ。確かに奴には学ぶべきところが多いのは微粒子レベルで認めるが……」

「……真似すれば、私も友達たくさんかな？」

「うーん。じゃあ機会があればコツとか聞いてみるか？　なんだったら、私が紹介してやろう」

「……ううん、ひとりでやる。友達は自分で作るものだから」

「頑固だなぁ、お前は。はぁ、私の周りはどうしてこうも抱え込む奴が多いんだよ……ったく」

……うん？

二人の会話の違和感に俺は首を傾《かし》げる。

なんか微妙に会話の歯車が合っていないような……。

先生の俺に対する微妙なディスりより、そっちの方が気になる。

会話にも変な間があるし、どういうことだこれ？

俺がそんなことを考えていたら、『ピピッ』と着信音が聞こえてきた。

「げっ教頭だ。しまったな……職員会議があったのを忘れていたよ。けど、今は会議より話をしたいが……」

「……先生。この時間までありがとう」

「うん？　行っていいのか？」

「……私のせいで先生が怒られるのはよくないよ」

「いや、だがな」

「……先生に迷惑をかけるのが嫌」

うーんと再び悩む声が聞こえる。先生としては、相談へ来た生徒のケアを優先したいのだろう。ただ、頑固な生徒はそれを拒否しているようだ。

悩みを抱えているのに他人の心配をするのは感心するけど、そう引っ込み思案なら人間関係の問題を解決するのが難しそうだよな……。受け身になりがちで意識改革が必要だろうし……。

俺だったら、まず自信をつけさせるところから始めるかな。

後は、引くべきところと主張するところの区別。

あ、でもそのケースバイケースの判断が普通では難しいんだけど。

「……大丈夫。遅れたら怒られちゃうよ」

「む……。わかった……すまないな。この埋め合わせは必ずするよ」

ため息混じりの声が聞こえた。

全く引かない彼女とのやりとりを途切れさせないことを優先したのだろう。

『不甲斐《ふがい》ないな、私』と声が落ち込んでいた。

「……いつも話を聞いてくれる先生の役に少しでも立ちたいな」

「埋め合わせは別にいいって？　いやいや、私は約束を必ず守る女だからな。また今度、話そう！　これは約束だぞ」

「……先生、優しい」

「うむ！」

まぁとりあえず丸く収まったのか？

後は二人が解散するのを待って抜け出すことにしよう。

「……先生に恩を返したい」

「え、仕事をくれだって？」

「……なんでもやる。頑張るから」

「何かひとつでも⁇　うーん………あ！」

良いことを思いついたような声が先生の口から出た。

「では、ひとつ頼みがあるんだが」

「……勿論《もちろん》、大丈夫」

「用件も聞いてないのにいいのか？」

「……頼られて嬉《うれ》しいから。頑張る」

「そうか。じゃあ――」

先生の勿体《もったい》ぶった声と共に、『適任がいるな』と嫌な予感を思わせる声が聞こえてくる。

「実は、そこのベッドで寝ている馬鹿がいるんだが……」

「……馬鹿？」

「そうそう。直ぐに脱走を試みる大馬鹿野郎だ。だからそいつが抜け出さないように、しっかりと見張ってもらうっていうのはいいか？　少しの間でいいからさ」

「……うん、わかった。任せて。お安い御用」

何が『うん』だよ。ってか、ナチュラルに俺を巻き込むんじゃない。

「すまないな。このバカは休まないといけないのに放っておくと突っ走るし、心配かけまいと強がるからなぁ。こうやって監視しないとなんだよ」

「……じゃあ寝て休まないとね」

おっと、見事にバレてる。

終わったら直ぐに帰ろうと思っていたけど、先生には考えが見透かされてるなぁ。付き合いが長いし、毎度のことだから行動を先読みされても仕方ないけど。

「全く仕方ない奴だよ。自分磨きと称して……あ、やばい催促が……。じゃあ私は行くから頼んだぞ！」

「……先生、頑張って」

先生が慌ただしく出て行った音が聞こえ、足音が遠く離れてゆく。

すると、直ぐにカーテンが開き、油断していた俺は慌てて目を閉じた。

あたかもずっと寝ていました。会話なんて聞いていません。そうアピールするかのように、俺は寝息を立てるフリをする。

「……お邪魔するね？」

恐る恐るといった声が聞こえ、俺の隣まで来た気配がした。

まさか……先生に言われた通り、マジで監視するつもりか？

いやいや、真に受けなくていいだろ!!　普通に帰っていいって！

と、ツッコミを入れたいが声を出すわけにもいかず、ぐっと言葉を飲み込んだ。

「……寝てるなら静かに。……えっと椅子はどこ？」

彼女はそう言うと、俺の横に椅子を持ってきたのだろう。

微《かす》かに床と椅子が擦れる音がした。

「……寝ていたのって鏑木君だったんだ。さっきの話だと、先生も心配するような頑張り屋さんってことだよね。やっぱり凄い」

前触れもなく言われた褒め言葉に、俺はドキリとした。

素直に褒められたことで変化しそうな表情を隠そうと寝返りをうつ。

「……ちゃんと見とかないと。じーっ……………」

ってか、まさか見張るって隣で!?

でも先生に言われたことだし、適当な時間で切り上げて帰るよな??

いつまでもいるわけではないだろうし。狸寝入《たぬきね》りをして時間が過ぎるのを待てばいいか。

そう思って、俺は彼女が帰るのをただ待つことにした。

「……約束、守らないと。契約は遵守。破ったら極刑もの」

えーっと直ぐに帰る……よな？　だいぶ不安なんだが……。


——一時間後。フラグ回収は見事に終了していた。

俺の不安は的中し、彼女はまだ隣で座っている。

何かするわけでもなく、先生から言われた通りにじっと俺を見続けていた。

時折薄目を開けて様子を確認すると、目が乾燥するのだろう。パチパチと瞬《まばた》きをして、強い目力で見つめてくるという……そんなことの繰り返しだ。

まさか、帰ろうとしないなんて……いや、どうして一向に帰らないんだよ。

どうせすぐ帰ると高を括《くく》っていたから、俺もずっとこのままなわけで……。

時間が経《た》つにつれて、起きにくくなってしまった。

……どうしてこんなことになってるんだ？

俺は心の中で悪態をつき、薄目を開けて彼女の顔を見る。

彼女は未《いま》だに微動だにせず、大きくて綺麗《きれい》な瞳は俺をじっと見つめていた。

（……熟睡。疲れてたんだね。起きて先生がいないとびっくりするから、待たないと）

再び聞こえた。透き通るような声。

寝返りをうちつつ彼女を窺《うかが》うと、手にはタブレットが握られていて、声が聞こえても口

は動いていなかった。

まさか。先生の相談相手があの来栖だったなんて。

『静かにしないと』って言っておきながら、横でめっちゃ喋《しゃべ》るやばい奴と思ったが……。

心の声がずっと聞こえていただけだったのか。

さっきはカーテン越しだったから、気づかなかったな。

普通に先生と会話していると思っていたけど、実際は会話をしてなかったというわけね。

それなら納得。どうりで聞いたことのない声だし、会話のズレを感じるわけだよ。

(……さっきの先生かっこよかった。話し方も威厳があってまさに大人の女性。『きゃりあうーまん』って感じだった。私もサバサバ系になれれば良く見えるの?)

心の声をずっと垂れ流す彼女を前にして、俺は起きるタイミングを考える。

それにしても来栖《くるす》か。関わりがなかったけど……この短時間で馬鹿が付くほどの真面目ってことはわかったな。先生が言ったことを忠実に守っているし。

ってか……本当に喋らないんだなぁ。

そう——来栖瑠璃菜《るりな》は喋らない。

一月頃に編入してきて、学年中の話題を全て掻《か》っ攫《さら》って行ったある意味有名な生徒。無口で、無愛想で目つきが怖いから『実は組長の愛娘《まなむすめ》なんじゃないか』って噂《うわさ》もあるぐらいだし、よくわからないことを突然文字で示してくるヤバい奴という話まであった。

とにかく関わらない方がいいし、喋らない理由はわからないと……謎が多い人物だ。

ちなみに、興味本位で喋らない理由を聞いた人に対しての返答は『禍《わざわ》い』だったらしい。

それで『呪いをかけられるぞ⁉』的な噂も出てたし……まぁ真相は不明である。

俺は彼女と何度か廊下ですれ違った程度の関係で、クラスが違うから関わり合いはない。

それに転校生という存在に積極的に絡みに行くこともしなかった。

だから、彼女の噂に対しては『へーそうなんだ』と半信半疑で聞く程度で興味はない。

だが、本人を見てみて思ったけど。やっぱり人の噂はあてにならなかったようだ。

噂に聞いた通り喋っていないのは真実。けど、さっきまで聞こえていた綺麗な声は『彼女の本音』であり、そうなると彼女にまつわる悪い噂は嘘《うそ》ということになる。

それが示すことは、喋らない理由は定かではないにしても『来栖瑠璃菜は、ただのコミュニケーションが苦手な子』っていうのが疑いようのない事実なようだ。

俺は気づかれないようにまた表情を窺う。

相変わらず彼女は、じーっとこちらを見つめていて表情の変化は見られないけど、頭の中ではあれこれと思考を巡らせていた。

（……隣のクラスの中心人物。所謂《いわゆる》リア充。いや、リア王の人……じっくり見るとまつ毛も長いね。確か、前にクラスの女の子が話してたよね。「めっちゃタイプ」って……うん、すごくモテそう。……優しくて、勉強も出来て、スポーツも出来て、誰にでも分け隔てな

く接することができる。私の理想形……よく観察して自分に活《い》かさないと)

や、やたらと語るな……。べた褒めされるのは素直に照れるんだが。

褒められすぎたことで弛《ゆる》みそうになる顔を崩さないように、あくまで寝ているフリを続けた。

(……起きたらお話ししたい。まずはお礼。「ありがとう」って言えばいい？　それとも、フランクに「さんきゅー」かな？　うん、これでいい)

いや、何が『これでいい』だよ。俺からしたら何のお礼って感じだし。

それにしても来栖は、こんな人物だったのか。

変わらぬ無表情で怖い印象はあるけど、心の声は素直で可愛《かわい》らしいんだな。

見た目もどちらかというと美人系か？

そんな人物にこんな近くでずっと見ていられると、やたらと良い匂いが漂ってきて……。

はぁぁ。変に意識するなというのは無理があるだろ。

無表情なのに内面は可愛いとかさ。

俺にだけ効果的なギャップってなんだよ!?

と、心の中で文句を言っていると来栖が『起きたの？』と俺の顔を覗《のぞ》いてきた。

「…………」

(……やっぱり寝てる。先生に頼られたこと嬉しいからこのまま頑張りたい)

本当にヤバイ奴《やつ》だったら、このままスルーが安定だったけど。

本音を知ってしまった手前、内面が純粋な子を騙《だま》すような行為が俺の罪悪感を煽《あお》ってくる。

見た目が良くても性格が残念な人は多くいたけど……。

本当の人物像が分かってしまう俺は、偽りのない『本物』というのに弱いんだよ。

俺は心を落ち着かせ、ふぅと息を吐いた。

——仕方ない。

諦めて話しかけよう。罪悪感で押しつぶされる前に……。

「ふぁぁ。よく寝たー。さ、さーて起きるかなぁ〜」

自分でも笑ってしまうような大根役者っぷり。下手くそな演技に笑われると思ったけど、
起き上がった俺を見て来栖は目を丸くし固まった。

そして突然——

（……逃げ出そうとしてる。ダメっ）

「——っ!?!?」

ベッドに押し倒されてしまった。

体重をかけてきたから、勢い余って来栖も俺に覆いかぶさる感じに倒れ込む。

「「…………」」

無言で見つめ合う俺と来栖。

胸に当たる柔らかい感覚に、香水と違った人工的ではない甘美で惹《ひ》きつけるような匂い。

それに加え、予想外の行動に俺の頭は混乱していた。

え、いや、どうしてこうなった……？

普段だったら、相手の狙いがわかっているからこそ動じない。

色仕掛けされようとも、からかわれようとも、受け流して反撃することができる。

だけど、考えるよりも先に体を動かされたから俺には何も対処ができなかった。

そのせいで、俺の胸は今までに感じたことがないぐらい動悸《どうき》が激しくなっている。

打たれ弱いな……早く収まれよ。

そう思って目を閉じ、なんとか落ち着かせようとする。

だが、その度に彼女のことが気になってしまい、より激しく高鳴るだけだった。

俺は目を開け、彼女を見る。視界に映った彼女はタブレットの画面に『ありがとう』と書いていて、お礼の品とでも言いたいのか俺にチョコのお菓子を握らせた。

「……えーっと。色々とツッコミが追い付かないんだけど」

（お礼を言えた……。上手《うま》く伝わった？）

「お礼に心当たりがないんだけど……ってか、状況的に俺が謝った方がいいような……まあとりあえず、俺を押さえなくてもいいんじゃないか？」

【脱走禁止（……先生が無理をするからって）】

「……大丈夫だって。逃げないから起き上がってもいい？」

俺はなるべく動揺を見せないように、来栖へ微笑《ほほえ》みかける。

反応した彼女は、僅かに首を傾けた。

【本当？（……疲れていそうに見える）】

「本当本当。ってか、先にこの体勢をどうにかした方がいい」

【なぞ？】

「謎って、ほら色々とさ……この体勢は恥ずかしくないか？」

俺の気まずそうな表情でようやく察したのだろう。

来栖は大きな目をぱちくりとさせ、俺の上から退《ど》いた。

それから【謝罪】と文字を見せてきて、相変わらずの無表情な顔をこちらに向ける。

でもその内心は――

（……やってしまった。粗相、これは極刑で……吊《つる》し上げに……）

と、めちゃくちゃに落ち込んでいた。

落ち込みすぎる来栖を見ていたら、怒る気持ちになんてなれない。

それどころか、ここまで気にするものなのかと、心配になってしまう。

だから俺は「体調を心配してくれたのか。ありがとう」と、彼女を励ます意味も込めて礼を言うことにした。

来栖はペコリと頭を下げる。表情の変化に乏しいが、少しは緊張が緩んだみたいだ。

これで解決と思っていたけど、何故《なぜ》か彼女に制止された。

「……まだ起きたら駄目なのか？」

戸惑う俺に来栖はタブレットに【起床禁止】と書いて見せてくる。

「い、いや、もう外も暗いしさ。帰らないとじゃないか？」

【愚問（……無理はダメ。断固阻止……）】

「えっと俺はわりと元気だからな？　寧《むし》ろ寝過ぎて、もうこれ以上は寝られないぐらいだし」

（……頑張る人は、よく誤魔化《ごまか》す）

彼女は無言のまま怪しむようにじーっと見つめてくる。

内心が分かるから、本当に心配しているのが伝わってくるけど……。

先生に頼まれたからって、いくら何でも融通が利かな過ぎだろ！

それに……。

「なんだか近くない？」

【愚問（……見張る。些細《ささい》な変化も見逃さない）】

「俺には問題あるんだが……」

俺は苦笑し、彼女から視線を逸《そ》らす。

くそ。無駄に真面目かっ！

「そんな真剣な顔しなくても大丈夫だって」

【契約は絶対】

【極刑（……約束反故《ほご》は重罪）】

「な、なるほどなぁ……」

書いていることが謎に固いし重たいんだけど……？

ただ馬鹿みたいに真面目で頑張ろうとしているだけなのは心の声で分かるから、余計に見ていて居た堪《たま》れない気分になるよ。

日頃もこんなことばかりをしていれば、空回りして悪評が出ても仕方ない。無表情と相まって余計に誤解させるだろう。

そう思うと、彼女の全てが色々と勿体《もったい》なく思えてしまう。

それを分かってしまったのに、何も言わずにスルーっていうのは……はぁ。

俺は頭をかき、肩をすくめた。

「確か隣のクラスの来栖だったよね？」

来栖は目を丸くし、小さく頷《うなず》いた。

俺が知っていたことに驚いたようだ。

「保健室にはよく来る？」

来栖は少し間を置いてから【通学】とだけ書いて俺に見せてきた。

そこからは何か話すわけでもなく、ただ見つめ合うだけである。

内心では、『こんな私のことを知られてて嬉《うれ》しいな』と思っているけど、その喜びは表情から伝わってこない。まだ話すようになって数分だけど、来栖が馴染《なじ》めていない理由を察するには十分だった。

……なるほど。確かにこれは気まずくなるよな。

筆談だから必然的に会話のテンポが悪くなるし、それでも早く返そうとするから無駄に短文っていうね。

更に言えば、伝える言葉を選ぶために間が開くことがあるから、返答を聞く前に我慢できない人は彼女の前から諦めて去ってしまうこともあるだろう。

「なぁせっかくだから少し話さない？　時間があればだけど」

――沈黙が気まずかったわけではない。

彼女の不器用だけど素直な性格に心が動かされたのだろう。

そんな彼女の内面を知ったから、俺の口から自然と声が出ていた。

俺の言葉を受け、彼女は淡々とした表情ながらも、やや急いでタブレットに文字を起こす。

【是非】

と、見せてきたが……そんな彼女は心では『……いいの？』と、どこか不安そうだった。

さっきからそうだけど、直《す》ぐに他人を気遣うんだな。

俺を押さえていた行動も心配から来ていたものだったわけだし……だったら一応、補足しとくのが無難か。

「よかった。ちなみに俺はもう全然元気だからな？　元気の証拠にほら、見てよこの力こぶ」

（……ふふ。鏑木君、面白い）

先生にはウケなかったネタは来栖に通じたようだ。

無表情だけど、口元がわずかに動いている。

くだらない冗談でどこか和んだ雰囲気になり、俺から彼女に話を切り出すことにした。

「じゃあ簡単なところから話そうか。お互いに知らないことが多いだろうし、自己紹介とかどうかな？」

【了解。得意（自己紹介は……緊張する。苦手だから何を言おう……？）】

書いていることと、言っていることが違うじゃないか……。

「えっと……まずは俺から。名前は鏑木律《りつ》。趣味はスポーツかな？　球技に限らず体を動かすことが好きなんだよ。じゃあ次は来栖で」

俺は自分が言うテンプレート的な趣味を口にして、来栖の返しを待つ。彼女は何かを書いて、また消すというのを何度か繰り返して、ようやくタブレットを見せてきた。

【来栖瑠璃菜。読書好き（本当の趣味は……羊毛フェルト。……子供っぽいって思われちゃう。でも読書って……流行《はや》りの本はなんだろう？　最近、読んでないから……）】

「そっか読書か。いいね」

うんうんと頷いてみせて、俺はにこりと笑顔を作った。

って――読んでないのかよ！　と、俺は心の中でツッコミを入れる。

よかった。話を掘り下げようとしないで。

なんて答えるか悩んでるのを知ってて、『どんな本を読むの？』とは流石《さすが》に聞けない。

まぁ、でもそうだよな。ろくに知りもしない相手に自分のことを曝《さら》すっていうのは、勇気がいること……。

俺は辺りを見回し彼女の鞄《かばん》を探す。

足元にあった鞄をチラリと見ると、若干ファスナーが開いていて、そこからは可愛らしいヒヨコが顔を覗かせていた。

なるほど……これが羊毛フェルトか。

よし。彼女が話しやすいように、ここは俺から腹を割って――

「あーそうだ来栖。さっきの趣味なんだけど訂正があるわ」

来栖は『違うの？』と首を傾《かし》げる。

「そうそう。ただ、ちょっと恥ずかしいんだけど笑わない？」

頰《ほお》を搔《か》き、照れる素振りを来栖に見せる。そんな俺を見て、彼女は小さく頷いた。

「俺って普段は賑《にぎ》やかな人たちといるけど。実は人が多いのが苦手なんだよね。森林浴と河川敷なんかの広い場所を散歩するのが一番好きなんだよ。ベンチに腰掛けてお茶を飲むとかも最高だな」

（……趣味がおじいちゃん？）

「ははっ。今、おじいちゃんみたいと思ったでしょ？」

来栖はびくっとして、それから慌てて首を振った。

焦っている様子の彼女を「怒ってないから大丈夫」と言って宥《なだ》める。

（……コミュ力のお化け。考えが筒抜け）

「この趣味を話したら誰でもそんな感想を抱くよ。だけど、趣味って人それぞれだから別にいいだろ？　好きなものは好きなんだから、それをとやかく言うのは違う」

（……私も正直に……怖いけど）

そう思って恐る恐る書き始めた彼女を俺は見守る。

ようやく書いた彼女は顔をタブレットで隠しながら、【趣味、羊毛フェルト】と教えてくれた。

「もしかしてだけど、鞄から見えてるのがそれ？」

【作製（……最近作ったヒヨコさん。作るの……頑張ったの）】

「へぇ～上手だね。めっちゃ可愛《かわい》いし、他に何を作ったりすんの？」

【兎《うさぎ》、犬、猫（……黙々とできるから楽しい）】

「いいね～。こんな可愛いならお金出して欲しいぐらいだよ」

俺がそう言うと、彼女は鞄からヒヨコとは別の動物を取り出して、遠慮気味に差し出してきた。

「これもらっていいのか？」

【うん（……ハリネズミ。鏑木君みたいだから）】

「うわぁ～。めっちゃ嬉しいよ。ありがとう！」

【いえいえ（嬉しい……喜んでくれた）】

俺は手にハリネズミを乗せて観察する。

うーん。それにしてもよくできているな。

普通に可愛いし、大切に持っておこう。でも、俺ってハリネズミみたいか……？

「せっかく来栖にもらったことだし、鞄のポケットに入れておこうかな。これなんかどう？　ポケットから顔を出していて可愛くないか？」

（……ひょっこり可愛い。自分で作った物だけど、撫《な》でたい……）

来栖は頷きポケットから顔を出すハリネズミを見つめる。

なんとなく温かくて、柔らかい雰囲気になった。少しだけ心を開いてくれた証拠なのだろう。

けど、そんな俺たちに水を差すように『最終下校時間のお知らせです』というアナウンスが校内に流れてきた。

「そろそろ出ないとか……」

【禁止（……先生が言ってた）】

「……来栖？　そんな思いっきり腕をホールドしなくても。ってか、恥ずかしくないの？」

【契約（約束……休ませること、見張ること……守る）】

「ハハハ……」

俺は苦笑いをする。

先生、お願いするならもう少しわかりやすく伝えてくれよ。

融通が利かないにも程があるって。マジでどうしたもんかなぁ……。

俺がそんなことを思って、悩んでいると廊下を走る音が聞こえ、「すまん！　遅くなった!!」と先生が慌てて保健室に帰ってきた。

「先生、遅いっすよー……」

「いや～すまない。無駄に話が長くてな――――って、あれ？」

先生は俺たちと目が合うなり、気まずそうな顔をした。

それから、暗くなった窓に視線を移したため息をつく。

「どうしましたか先生？」

「鏑木、出会って速攻で手籠《てご》めにしたのか？　ったく、最近の若者の教育はどうなって……来栖もなんでこんな男に……はぁ」

【上手。優しい（……話が上手《うま》い。私にも優しくて）】

「上手で優しい……だと⁉⁉　鏑木……ま、さ、か？」

「違いますって！　ってか、来栖も言葉を選んでくれよ。じゃないと誤解が加速するから」

「……貴様、遺言があるなら聞いてやるぞ？」

「目が据わってるー……マジで誤解ですからね？　普通に話していただけで――」

「ほぉ。『二人っきりの保健室で腕に美少女が抱き着く構図』のどこが普通なんだ？　どう考えてもナニかあったじゃないか。ああん⁉」

「あー確かに説得力ねー……」

【初めて（……趣味の話、初めて出来たの）】

「おーい来栖？　一旦、反応しないでおこうか。言葉足らずは、話が明後日《あさって》の方向に行くからな」

俺はため息をつき睨《にら》みつけてきている先生に耳打ちをして、今日のことを端的に伝える。

眉間にしわを寄せながらも先生は理解したのか、やれやれと肩をすくめてみせた。

「はぁ……まぁいい。今日のことはおいておいて、夜が遅いから送ってやる」

「お、流石先生。優しいー」

「可愛い子に夜道は危険だからな。ちなみに鏑木はどうでもいい。ナンパ男は馬に蹴られて死ねばいい」

「うわぁ……目が一段と冷たい」

俺と先生のやりとりについて来れていない来栖は、交互に俺らを見てどうしようか困っていた。

そんな来栖を見かねた先生が放すよう促すと、ようやく俺の腕は解放された。

「じゃあ、俺は帰ります。言い訳は今度させてください」

「いいだろう。お前には一度、お灸《きゆう》をすえてやる」

「へいへい」

俺は荷物を纏《まと》めて、保健室を出ようとする。

ドアに手をかけたところで、肩の下あたりを触れられた気がして振り返った。

【ありがとう】

「いや、俺もありがとう。お陰でゆっくりできたよ」

（……でもこれで終わり。もう少し話したかった。久しぶりだったから……）

お礼に対して相変わらずの無表情だけど、内心はしょぼくれていた。

こういう感情を知っているのにこのままっていうのは……はぁぁ。

マジで損な性格だよ、俺。

「また話そうな。俺、保健室に用事があること多いからさ」

【いいの？】

「嘘《うそ》は言わないって。見ての通り先生によく怒られるからさ。会う機会もこれからある筈《はず》だよ。だから、次に会ったらまたな」

彼女は何度も頭を下げて、

（嬉《うれ》しい、嘘みたい。こんなに優しいから友達が多いのかな。本当に凄《すご》い、尊敬……）

心の中でそんなことを思っていた。

無垢《むく》で純粋な目を向けられ、俺は苦笑した。

——そんな目で見ないでくれ。

俺は百パーセント打算的な行動で、一番いいと思える選択をしているだけ。心の声が聞こえるというズルもあって、尊敬されるようなできた人間じゃない。

『優しい』とか、そんな純粋なものではないんだよ。

社交辞令や建前がそう見せるだけなんだから……。

あー……尊敬の目で見られるのはマジで心が痛いわ。

そんなことを思いながらも毛ほども顔へは出さないようにした。

「じゃあ、お先に」

【さようなら（学校が楽しみなんて……初めて）】

「うむ、青春だな～」

という、先生の言葉に内心で『うるせー』と返し、俺は保健室を後にした。

◇◇◇

この学校では月に一度、校舎周辺を掃除するボランティア活動が開催されている。

生徒は誰でも参加できて毎回有志を募っているが、開催日が日曜日ということもあって参加者は少なかった。

「今日もいつも通りか」

今日の参加者が数人集まっている。各学年で担当する場所は決まっていて、一学年は俺を含めて五人ほどだった。他の人たちとは最初の集合ぐらいでしか顔を合わせることはなく、後は黙々と作業をする。

そんな修行みたいな時間が始まろうとしていた…………しかし。

（……頑張ろう。……何をすればいいの？）

俺に届く綺麗《きれい》な声。つい先日、聞いた声に体が反応してしまい顔をそちらに向ける。

向いた先には、ジャージ姿の来栖がゴミ袋を持って立っていた。

来栖は長い髪を後ろで束ね、ポニーテールにしている。ジャージ姿により強調された長い脚がすらっとのびており、なかなかの美人に見えた。

ジャージ姿が無駄に似合うって凄いな。ってか『次に会ったら』なんてカッコつけたのに……再会するの早すぎるだろ。

転校して間もないのに、こういう活動に積極的に参加するなんて真面目な証拠だよな。

話してみて思ったけど、おそらく俺みたいに周囲からの印象を良く保とうなんて微塵《みじん》も思ってないいんじゃないか？

まぁこの前のが全てじゃなくて物凄い腹黒って可能性もあるけど。

俺は、どんな風に来栖が考えているか知りたくて耳を傾ける。

（……役に立つ。……えいえいおー……気合が足りない？　ふぁいとーお～）

来栖は丁度、可愛らしい気合の入れ方をしていた。

ゆっくりとした口調の心の声は、この前と変わらずに無自覚で俺の心を揺さぶるのに余念がないらしい。

腹黒さなんて皆無じゃないか……いや、ほんと。なんか生きていてごめんなさい。

心の中で懺悔《ざんげ》していると来栖が俺に気づいたようで、こちらをちらりと見る。だが、直《す》ぐに顔を逸《そ》らしてしまった。

（……鏑木君。休みの日に掃除をしてる……人として尊敬。目指すべき姿。聖人君子？）

──気持ちが純粋過ぎて俺のライフはもうゼロだって。

……無表情と内面のギャップが可愛すぎかよ。

そんな俺の気持ちなんて知りもしない来栖は、俺にだけ届く声で喋《しゃべ》り続けた。

（……ここでいいのか分からない。……聞いていい？　でも急に話しかけられたら迷惑。初めてだから……先生に……あ。いない……困った）

「…………」

（……自分で頑張らないと。全部掃除するぐらいの気合……それが一番）

「…………よ、来栖。こないだぶりだね」

（……うそ、話しかけて……）

驚いているみたいだけど。

いやいや。これは無視、出来ないだろ。

カッコつけた前の態度なんてどうでもよく感じるぐらい、これを無視したら心が病むわ。

来栖は、俺に話しかけられたことがよっぽど嬉しかったようで口角がぴくぴくと動き、いつもより表情が強張《こわば》っていた。

それにしても目力、本当に強い。彼女の内面を知らなければ、睨んでいる顔にしか見えなかっただろう。

俺は、来栖がタブレットに文字を書くのを、笑みを崩さないようにして待った。

【こんにちは（……嬉しい。神様、ありがとう）】

「おう。今日もなんだか元気そうだね……」

【元気（……テンション高い。今なら、空も飛べるかも？　頑張るぞー……）】

「そっかそっか。それはよかった。今日、一日で割と疲れるからさ。一緒に頑張ろうな？」

（……うん。全力で役に立つ）

「おお。めっちゃ頷《うなず》いてるな。あ、ちなみに来栖はどうしてここに？」

【ボランティア】

「こういう行事って面倒で参加しにくいと思うけど、来栖は偉いなぁ」

【掃除得意（……一歩一歩の積み重ね。頑張りたいの）】

「な、なるほどなぁ」

くそ……相変わらず心が眩《まぶ》しい！

こんなことで神様にお礼って、普段はどれだけ良いことがないんだよ。

めっちゃやる気があるのはわかったけど、相変わらず表情には全く表れない。

内心では声が弾んでいるのに、ほんと残念だなぁ。

喋らないから誤解が解けないのは仕方ないが……どうしたもんか。

「ねー、あれって転校生の子だよね？　鏑木君が相手してるけど、大丈夫なのかな？」

俺が来栖と話をしていると、同じくボランティアに来ている生徒の声が聞こえて来た。

「本当だ。凄いなー。私だったらあんなに睨まれたら怖くて近寄りたくないよ」

「ねーわかる〜。今日来たのも罰則とか⁇」

「ありえるねぇ。鏑木君が絡まれてるなら、助けた方がいい……？」

「やめとこうよ、何されるかわかんないし」

本人たちはひそひそ話をしているつもりなのかもしれないが、こっちまで筒抜けである。

まぁ敢《あ》えて聞こえるようにしているかもだけど、ほんとこういう女子の行動は嫌だよなぁ。

確かに何も知らなければ、来栖に対しての印象がそうなるのは分かるけど。

それが分かっていても、こんなことを聞いていい気分はしないが……。

俺は、前にいる来栖に視線を戻す。

感情の見えない表情ではあるけど、タブレットを握る手は微《かす》かに力んでいるようだった。

（……迷惑は嫌……離れないと。鏑木君が悪く言われる……）

来栖は会釈をして、俺の前から立ち去ろうとした。

今日はどうしようと悩んでいたのに、俺に迷惑をかける方を嫌ったようだ。つくづく不器用で、自分を優先しない。

そんな彼女の性格、周りの態度に腹が立ったのだろう。

俺は、来栖の肩に手を置いていた。

「なぁ。今日は一緒に行かない？」

　そう言うと、彼女は立ち止まり振り返る。

　迷惑かけるからと断ろうと思っている彼女を逃がさないように、俺は言葉を連ねた。

「来栖ってボランティア参加って初めてだよな？　だったら、今日は俺と行動した方がいいと思うよ。初めてだとわかんないこと尽くしだろうから。ゴミをどこに捨てるとか、どこに掃除行くとか、休憩はあるのかとか……知らないことばかりだろ？　なんと言っても俺はボランティアの皆勤賞。大船に乗ったつもりで任せてよ」

　彼女はきょとんとして大きな目を何度もパチパチとする。

　俺は返事を待たずに、丁度やってきた先生の元へ向かい訊《たず》ねた。

「先生。今日、ボランティア参加が初めての人がいるんで、教えようと思うんですけどいいですか？」

「うん？　ああ、そういえばそうか。じゃあ鏑木にお願いしようかな？」

「うっす。了解ですっ」

　俺は、ボランティアで来ていた先生に許可をとり、それからひそひそ話をする女子たちに話しかけた。

「校舎裏の掃除は俺たちがやるよ。来栖は今日、参加が初めてで頑張りたいみたいだからさ。分からないことが多いと思うし、誰かがサポートしないと。だから迷惑をかけて悪いけど、いいかな？」

「え、えーっと……鏑木君がいいなら、いいんじゃん……？」

「ごめん。ありがとう。そっちも頑張って」

あくまで自分の意思であることを女生徒たちに伝え、俺は来栖のところに戻り微笑《ほほえ》みかけた。

「んじゃ、行こっか。まずは火バサミとかを受け取りに行くのと、忘れちゃいけないのが軍手だな。あれがないと、草むしりが大変なんだよ。泥だらけになるし」

（……どうして？）

「ほら、固まってないで行こうよ」

来栖を手招きすると、トボトボとした足取りで俺の後をついて来た。

校舎の裏側に差し掛かり、他の生徒が見えなくなったところで俺は立ち止まり、来栖の方を向く。

「俺は鬼教官だからな？　たかが掃除だと思って侮るなよー」

暗い雰囲気を消そうと、俺はなるべく明るい口調で話しかけた。

そんな俺の態度を見て、来栖は不安そうな顔で訊ねてくる。

【何故《なぜ》？（なんで私にも優しいの……？）】

タブレットを見せて来た来栖の純粋で大きな瞳が、俺を真《ま》っ直《す》ぐに捉えている。

俺は彼女に好意があるからとか、お近づきになりたいとか、そういうのはない。

だって『自分の特性を生かして上手《うま》く生活する』を信条にしているなら、関わらない方が間違いなくいいタイプだ。

——本来。

人の真意なんて知る由もないし、耳当たりのいい言葉を並べられたら、人はそれを信じて陶酔するだけ……らしい。

言葉を濁すのも、俺にはそれがないからだ。

何故なら、俺には心の声が聞こえる。

何気ない会話のように。当たり前のように。

それこそ、呼吸をするのと同じようにこの特質は俺の日常生活の一部として自然と入ってくる。心の声なんて綺麗なことは少なく、たいていは口に出しては言えない醜いものがほとんどだった。

だから、そんな深層心理とは裏腹に演じられる行動は、俺からしたら酷《ひど》く滑稽で虚《むな》しく映っている。

信用するかどうか、付き合うかどうかは、相手の声次第。

そう決めているからこそ、素直で……本気で頑張ろうとする彼女の声に心を打たれ、放ってはおけなかったんだろう。

でも、結局は――

「我を通しただけだよ、シンプルにね」

結局は、俺の自己満足でしかない。

電車に乗っていて目の前に老人がいたら席を譲る。

譲らないと、気まずくて、後ろめたい気持ちになってしまうから……。

俺はそんな心の乱れが嫌だった……ただそれだけの理由だ。

「あ。ちなみに恩を感じる必要はないぞ。俺がやりたいからやっただけで、気に入らなかったら反抗するっていう我儘《わがまま》な行動をしただけだから」

だから、俺は彼女が恩を感じないように牽制《けんせい》する言葉を口にする。

こう言えば、彼女は少なからずホッとするだろうし、変に気にしなくてもいいだろう。

『勝手にやってくれてありがとう！』でいいわけだしね。

俺のそんな意図を汲《く》んでくれたのか、彼女は俯《うつむ》き、それから小さく頷いた。

「よしっ！　じゃあ気を取り直して――」

【絶対に返す（じゃあ私も我儘を言う……。私にも出来ることがあるはず）】

「……来栖？　だから必要ないって」

（……ここは引いたらダメ）

「そんな力強く見つめなくても……って、いやいや。来栖、そこは一旦引くところで」

【拒否】

「えー……」

あれ？　俺の予想した展開と違うんだけど？

なんか、めっちゃ意地を張ってない……？

（……施されたら施し返す。恩返しは必須）

めっちゃ、やる気に満《み》ち溢《あふ》れてるじゃん。さっきまで落ち込んでいたのが嘘《うそ》のようだよ。

あーでも、そうか……この前もそうだったけど来栖って。

「馬鹿真面目だったなぁ……」

俺はため息をつき、肩を落とす。

どうやら俺は選択を誤ったみたい。彼女の為《ため》にとった行動は、余計に縁を濃く繋《つな》いでしまったようだ。

「じゃあ割と無理矢理《むりやり》な感じで一緒に行動することにしたけど……。別にいいのかな？」

【お供します】

「お前は武士かっ！」

そうツッコミを入れ、二人で作業を開始するのだった。

◇◇◇

作業が始まって二時間ほどが経《た》ち、俺と来栖は黙々と掃除を続けていた。

ゴミを拾って、雑草を抜いて、落ち葉を集めたりと地味な作業をしている。中々に骨が折れる作業で嫌になりそうなものだが、真面目な来栖は特に文句を言わず一生懸命に動いていた。

会話することなく活動を続ける今の光景を他人が見たら〝無〟という言葉が浮かぶことだろう。

男女二人で行動しているのに、浮ついた様子のひとつもないのだから。

でもこれには理由があって、来栖は会話手段であるタブレットを掃除中は持つことが出来ず、沈黙を貫くしかないのだ。

まぁこれはあくまで傍観者である第三者から見た光景だが、想像に難くない内容である。

しかし、俺からしたらゴミを袋に入れる時の擦《こす》れる音しか聞こえない……なんて静寂ってことはなかった。

（……話しかけたい。でも、掃除中の雑談はダメ。少しぐらいは……ダメダメ頑張らないと。でも、お礼を……）

と、まぁこんな風に俺にとっては無言ではなく、隣からは自問自答して悩む声がひたすら聞こえている。

こういう悩みを聞くとこっちも話しかけにくいんだよな……。

いつもだったら期待されている通りに動いて、人間関係を円滑にする。

それを信条にしていて気にはしてこなかったけど。

来栖は、本音と建前を分けるということもなく、本音しか聞こえてこないから……純粋な気持ちに付け入るような気がして罪悪感が半端ないんだよ。

俺は彼女をちらりと横目で見る。すると丁度、彼女と目が合った。

蔑むような冷たい視線を俺へ向け、表情だけを見れば『何かやらかしたか？』と思ってしまう。

けど――

（……目は口程に物を言う。学校で初めて会話してくれた優しい人。仲良くなりたい……話したいアピール……）

と、まぁ睨《にら》んでいる理由はわかっているから俺に誤解は生まれないんだけど。

あれが笑顔って、誰がどう見ても睨んで威嚇されているようにしか見えない。

マジでどうしたもんかなぁ。

（『話したい。一緒にいて楽しい』みたいに思ってもらえたら嬉《うれ》しい。必要なのはメリット）

対応に悩んでいる俺を置いてけぼりにして、彼女の思考が次々と俺に聞こえてくる。

ってか、話すことにメリットって必要なのか？

別に意識しなくても、普通にしてていいと思うんだが……。

あれこれ考えている彼女が何をしようとしているか気になり、俺は様子を窺《うかが》った。

（楽しいといえばお笑い……。お笑いと言えば一発ギャグ……がちょーん……ダメ？）

くっ。チョイスが無駄に古い！

しかも照れながらとか……無駄に可愛《かわい》いじゃないかっ!!

俺は、ついにやけてしまいそうになるが必死に我慢した。

だが、そんな俺の気持ちの変化など知る由もない来栖は追い打ちをかけるように思考を巡らせてゆく。

（あ……鏑木君がお笑いを好きじゃないことも？　じゃあお菓子作戦……。鏑木君ならチヨコ？　冬だからミカン？　ミカンはお菓子じゃない⁇　けど、今は飴《あめ》しかない。龍○散でもいいの？　喉にいいよね……うん）

やめてくれ……。

思考が明後日《あさって》の方向に爆走しているが、一生懸命さと健気《けなげ》さが伝わってくる分、俺の心には響くんだ。

純粋で素直な可愛さは刺さるんだよな……。

でも、このズレ具合はどうしたらいいんだ？

俺は頭を抱え、大きなため息をつく。

すると、いつの間にか近づいてきていた来栖がタブレットを持ってきて文字を書き始めた。

【赤色の着色料は虫（……頭の良さをアピール）】

「へ、へぇ。物知りだな〜来栖は」

【セミの抜け殻は漢方薬（……ふふ。物知りって認めてもらった）】

「それは……知らなかったな」

俺は感心したように頷《うなず》き、引きつりそうになる表情を誤魔化《ごまか》した。

来栖は気がついてはいないようで、俺の反応に満足したのか、次に『飴あげる』と地面に書き、キッと睨んできた。

本人は至って真面目に最高の笑顔を作ったつもりらしい。

――って、アピールの仕方が下手か!!

俺は心の中でツッコミを入れて、飴をとりに向かう来栖の背中を見つめた。

（第一歩の知識披露……。この調子で私にも良いところがあるって思われたい。そして、色々と話したい……。友達の作り方とか……友達になれたら……）

相変わらず彼女の声はダダ漏れで、その言葉に俺の胸がチクリと痛んだ。

友達。友達の作り方か……不器用な奴《やつ》だな、ほんとに。

笑わせようと考えたり、お菓子を出そうとしたりと、アプローチの仕方に疑問が残るが認められようと努力していることは伝わってくる。

でも残念なことに、彼女の独特なセンスと性格では、友達がいなかっただろう。ズレてしまうのも友達が出来なすぎて、拗《こじ》らせているせいなのかもしれない。

あんなクールな見た目をして、若干お馬鹿で天然系女子なのかよ。純粋とも取れるけど……あーなんかもう、色々ともったいない。

俺なら何を伝えたいかわかるからいいけど。普段から今みたいなやり方で友達を作ろうとしているのなら、他の人からしたら訳が分からず避けたくなるだろう。

納得と言えば納得だよな。悲しい話だけど。

俺はため息をつき、次の話題を必死に考えている彼女を見た。

「えーっと来栖。会話のチョイスについてちょっと言いたいことがあるんだけど……」

(話しかけてくれた……嬉しい)

「その、なんだ。大変言いにくいんだが……とりあえず、変な知識披露はやめた方がいいと思うよ」

【禁止？】

「禁止っていうか、まぁ慣れてきた時に話のネタとしてはいいけど。よく知りもしない相手にいきなり雑学っていうのは……特に虫の知識なんてＮＧだよ。聞くだけで嫌がる人もいるからね」

（……そんな）

俺の言葉に来栖は固まってしまう。手を振ってもピクリとも動かず、内心では失敗したと落ち込んでいた。

「あー悪い。別に全てを否定するつもりはないんだ。一応、知識自体は悪くないんだけど……ほら、こういうのって言い出すタイミングというのがあるだろ？　話の流れでとか、会話の潤滑油的な役割で使ったりね。間違ったアピールの仕方は逆効果でしかないんだ」

それとなく言ったアドバイスに彼女はハッとした様子を見せ、少し沈黙が訪れた後にぺこりと頭を下げた。

「ま、まぁ頑張り屋なのは、見ていたらわかるけど。頑張るベクトルを間違えないようにしないと勿体《もったい》ないよ」

来栖は『どうすればいいの？』と可愛らしく小首を傾《かし》げる。

「うーん、そうだなぁ。とりあえず無理して背伸びして接しようとしても、ろくなことはないよ。基本は、そのまんまでいいんじゃないかな。勿論《もちろん》、さっきの雑学はなしで」

【残念（知識がないと馬鹿な子って思われる）】

「残念って……まぁ、話す上で不都合はないし、別に頭がいい奴と話したいわけじゃない」

【退屈（……話してて楽しくないのは減点）】

「いやいや、芸人じゃあるまいし普通に話しててそれを求めることはないって」

【利益なし（話すメリットがない……）】

「人と一緒にいることに利益なんて考える必要はないって。無意味でダラダラとした何気ない言葉の行き来が案外楽しかったりするんだよ」

俺の言葉を聞いてタブレットに書く来栖の手が止まり、それでいいのかなと悩み始めた。

彼女の中で会話をするというのは、楽しくてキラキラとしているものなのだろう。

でも、実際はそれだけじゃないし、『なんとなく』で会話することなんてよくあることだ。

気負うことなく、楽な感じで。

けど――それがこの上なく、居心地が良かったりする。

それが分かってゆけば自《おの》ずと来栖も変わってくるのかもしれない。

「だから、無理に取り繕おうとせず今まで通りでいいんだよ。その上で頑張ればいいし」

【無口で馬鹿（喋《しゃべ》らなくてしかも頭悪いとなったら……ダメな子に）】

「そう？　今の方が愛嬌《あいきょう》はあるんじゃない。理由が分かれば、残念な行動が馬鹿っぽくて面白いよ」

（……もう、既に頭良いと思われて……ない？）

「そんな悲しそうに俯《うつむ》くなよ。ま、俺は学年一位だし。頭の良さを認めてもらいたいなら、俺に勝ってからということで」

【投了（……逆立ちしても勝てない。天と虫。太陽と石ころぐらい違う）】

「諦めんの早っ⁉」

ってか、自己評価低いなおい！

彼女は肩を落とし、わかりやすく落ち込んでしまった。

「卑屈にならずに、来栖はもっと自信をつけなきゃなぁ。そうしないと話したくても話せないぞー」

【性格残念（色々と反省……。私、ズレてて変なの？）】

「いやいや、来栖は気にしすぎだよ。性格なんていい個性じゃないか」

俺は彼女が安心できるように微笑《ほほえ》みかけた。

来栖は俺の言ったことがわからないのか首を傾げる。

「いいか。いつだって『そんなの変だ。おかしい』って騒ぐのは声高々に偏見を口にする人だけだ。そういう人たちって我慢しないで言うから、嫌でも自分の耳に届くんだよ。けどさ。色々な人がいてもいいって。人とは違った感性でいても問題ない。それをまずは来栖が認めないとな」

（今の私でもいい……？）

「無理な背伸びは必要ないよ。自信をつけて、自分自身が今の自分を好きになったら、そんな君のことを好きになって一緒にいたいという人が現れるよ……きっとね」

世の中はそういうもんだ。と、付け加えてそう言った。

……語り過ぎると流石《さすが》に恥ずかしい。

俺は手で顔を扇《あお》ぎ、来栖に背を向けた。

「さぁて、もう少し気合を入れて頑張るとするか～。早くやらないと持ち場が終わらないからなぁー」

かっこつけ過ぎた言い方が恥ずかしくて、俺はわざとらしく伸びをする。

当然、来栖からは言葉のリアクションが返ってくるはずもなく、俺の声だけが寂しく響く。

虚《むな》しい余韻から逃げるように俺が足を進めたところで、背中を微《かす》かに触れられた気がした。

（……鏑木君なら。彼なら信頼できる……）

そんな声が気になって振り返って彼女を見ると、俺を真《ま》っ直《す》ぐに見つめていて表情はどこか縋《すが》るようなものだった。

「えーっと来栖。どうか……した？」

【大切なお願い（……話すことは怖い）】

「お願い？　俺に出来ることならいいけど」

【鏑木君になるにはどうすればいい？】

「俺になる？」

【聖人君子（……みんなから慕われて、親しみがあって、友達も多い。そんな人になりた

い)】

「…………」

【教えて(……何も変わらない。こんな自分を変えたいの……)】

じっと見てくる大きな瞳が俺を捉えて離さない。

彼女からは強い意志が声となって、俺の頭に流れ込んでくる。

それは頭に響くような大きな声だけど、不思議と不快にはならなかった。

「俺に聞いたからと言っても、上手《うま》くいくとは限らないし。人間関係なんて綺麗《きれい》なことばかりじゃないけど……それでもいいのか」

【問題ない(知らないと始まらない。止まっていても何も変わらない……そう思うから)】

「そっか、強いなぁ」

来栖は強い。俺の何倍もメンタルは強靱《きようじん》だ……ってそう思った。

俺が今まで見てきた人は、自分の状態に悲観して心の中で愚痴を言い続けていたり、境遇に対してひたすら文句を言って動こうとしない。

全てを周りのせいにして、努力をしようとしないのだ。

けど——来栖は違う。

まだ関わって僅かな時間しか経《た》っていないけど、心の中は嘘《うそ》をつけないから時間なんて関係ない。

だから、俺にだけは彼女が不器用ながらも努力していることがわかっている。

――人に関わろうとして失敗して。

――手伝おうとして、怖がられて。

何ひとつ上手く行っていないのに来栖はめげずに頑張っている。

それがひしひしと伝わってきていた。

だから、こんな思いを聞いて、何もしないのは人として駄目だよな。

「なぁ。来栖って放課後は暇？」

（……それって？）

「俺がサポートするよ。来栖が上手く周りと馴染《なじ》めるようになるまで」

【ありがとう（初めて……どうお礼を言えばいいんだろう。感謝してもしきれない……本当に優しい。これが聖人？　もしかして鏑木君は神様……？）】

めっちゃ崇《あが》められてるな……。

来栖から聞こえる称賛の声。文字の裏にあるその感謝の言葉が、俺にはどうもむず痒《がゆ》い。

それを正面から聞くことができなくて、短く「おう」と返事をした。

「……じゃあ、掃除の続きをやるか。話でもしながら」

【うん（……これが所謂《いわゆる》〝陽キャ〟のコミュ王。私の師匠……）】

『誰が師匠だ！』と叫ぶわけにいかず、俺は心の中でそうツッコミを入れる。

この日をキッカケに俺は、この喋らない彼女と関わるようになった。

第二章 賑やかな日常の変化

——俺の朝は早い。

人が全然いない時間に家を出て学校に向かう。

そして、学校の門が開くまでの間、近くで時間を潰す……それが俺の日課だ。

田舎の学校特有だろう。周辺には、舗装されていない土の道がある。そこは、部活動の時間になると賑《にぎ》わう森のランニングコースで、この時間に限っては誰もいないから最高の散歩道だった。

……雑音がなくて癒《いや》されるな。

耳を澄ませると聞こえてくるのは、鳥の鳴き声、あるいは枝と枝の擦《こす》れる音ぐらいだ。

いつもこんな音で溢《あふ》れていたら楽なのに……と常々思う。

俺がそんなことを思いながら歩いていると、しばらくしてもう一つの日課がやってきた。

「おはよ、律《りつ》。ぼーっと空なんか見て、おじいちゃんみたい」

背中をツンと突《つつ》かれ振り返ると、同じクラスの霧崎涼音《きりさきすずね》が、唇の端にからかうような笑みを浮かべていた。

肩ぐらいにそろえられた明るい色の髪は、風が吹く度にはらはらとなびく。ややつり目で気の強そうな見てくれは、可愛《かわい》いというよりは美人と表現する方がいいだろう。クールな見た目を象徴するように、首には大きめのヘッドフォンがかけられている。風貌から硬派な不良を連想させるが、全くそんなことはない。ぶっきら棒ではあるものの、面倒見がよく、「姐《ねえ》さん！」と呼びたくなる雰囲気を持っているのが彼女だ。

だが、中学の時から知っている俺は彼女を姐さんと呼んで崇めることはなく、裏表のない居心地の良い話し相手として、よく時間を共有していた。

この朝のやりとりも日課となっている。

「おはよう霧崎。てか、おじいちゃん扱いは酷《ひど》くない？」

「そう？　さっきの姿なんか、遠目で見ていても縁側でお茶を飲むご老人みたいだったけど」

「遠目って、いつから見てたんだよ」

「この道に入るぐらいからかな？　黄昏《たそが》れている律を見るのがおかしくて、つい観察してたよ」

「うわぁ。いい趣味してんなー」

「褒めてくれてありがと。律は褒め上手ね」

「褒めてねーよっ！」

俺のツッコミに霧崎は「あははっ」と楽しそうに笑った。

そんな彼女を見てるとつられて笑みが零《こぼ》れる。

「じゃあいこっか。どうせ学校開くまで暇でしょ？」

「そうだなぁ。いつも通り、後一時間ぐらいか」

「だね。あ、今日はブランケット持ってきたから、これであんまし寒くないよ」

「お、気が利くね」

「できる女でしょー」

得意気な笑みを浮かべる彼女と俺は、いつもの調子で並んで歩き始める。

道の途中にあるベンチに腰を下ろし、膝にブランケットをかけた。

人通りが少ない道で並んで座るこの光景は、傍《はた》から見ればカップルに見えることだろう。

仲睦《なかむつ》まじく愛を育んでいる、そう見えなくもない。

そんな俺の気持ちを見透かしたように彼女は言葉を発した。

「毎度思うけど、こうしてると律との関係を勘違いされそうだよね。『朝から逢引《あいび》きしてるんじゃない？』って」

「今更だって。それに誰と一緒にいたって噂《うわさ》は独り歩きするもんだよ」

「だねー。あーやだやだ。みんなはそういう噂が好きなんだから。一緒にいるだけで、何でもそっちの話題に変えちゃうし」

「まぁな。学生の興味をそそるネタだもんな。妬みから来るものも多いだろうけど、気にしないだろ霧崎は」

「そだね。気にしないし、噂で行動を変えるつもりもないかな。でもそれって律もじゃない？」

「言わずもがなってことで」

二人して黙って顔を見合わせていたが、やがてくすっと笑った。

霧崎は眩《まぶ》しそうに眼《め》を細め、空を見上げる。そんな様子を俺は横目で見ていた。

……今日も聞こえないな。

人はどうしても考えを巡らせ、思っていても口にしないこともある。

本音と建前を分けて生きている。なんでも正直に話しては角が立つし、トラブルしか生まれない。

頭では分かっている。それが社会を円滑に回すことを俺は分かってるし、理解もしている。

頭では分かっているとはいえ、本音が分かってしまう俺にとってはその建前が逆に気持ち悪くなってしまうのだ。

だからこそ——霧崎と話すのは心が休まる思いだった。

彼女の心の声は聞こえてこないから……。

「霧崎って話してて落ち着くよな。裏表ない感じで」

「何言ってんのー。そんなこと言うの律ぐらいだから」

「そうか？　割とみんな言ってない⁇」

「言ってない言ってない。仮に言っていたとしてもニュアンスが違うよ」

首を傾《かし》げる俺に、彼女はやれやれと肩をすくめた。

それから呆《あき》れたようにため息をつく。

「みんなが言う〝裏表のない〟はサバサバしてる大人の女性みたいなイメージで、律が言うのは、自然体で取り繕う必要がない私……みたいな感じ。違う？」

「確かに、大人の女性なんて微塵《みじん》も思ったことはないな」

「ちょっと、それは失礼だからね？」

「悪い悪い。でも大人の女性って言われたいわけじゃないんだろ？」

「まぁね。そんな歳《とし》をとったつもりもないしー。大人びて落ち着いて見えるのも、ただ人よりも冷めてるってだけ」

「それ自分で言うのかよ……。どうせなら達観してるって言っていたら⁇　その方が聞こえがいいし」

「あはは。じゃあそういうことで」

「てきとーだなぁ」

俺がそう言うと彼女は楽しそうに笑い、うんと背伸びして頭上に手を伸ばす。

気持ち良さそうに息を漏らす彼女を見てると、こちらの心まで少しほぐれるような気がした。

「それにしてもここはいいよね。静かでマイナスイオンたっぷり」

「同感だな。まぁいつものことだけど、ここは癒しなんだよ。空気が綺麗《きれい》でさ、眠たくなるわ……ふわぁ」

「右に同じ〜。眠くなるのは勿論《もちろん》だけど、他にも困った面もあるんだよねー」

「え、そうなの？」

「ここって自然が満喫できるのはいいけど、冬はかなり寒くない？」

「言われてみれば、それもそうか」

「日光浴が出来るような場所じゃないし、今日みたいにブランケットを持ってこないと寒くて凍え死んじゃいそー」

「いや、寒いのって季節的なものもあるけど、他にも原因あるだろ」

「他⁇」

「それだよそれ」

男子生徒だったらズボンの下にジャージを重ね着したりしても違和感はない。

だから寒さ対策は万全で、寒さを感じるとしても顔面ぐらいだろう。

対して、女子生徒はスカートという寒さ対策の欠片《かけら》もない衣服だから冬場は辛《つら》そうに見える。

まぁ、タイツとかで防寒は出来ると思うが男子並みに着こむことは出来ない。

それなのに、霧崎は自分の長い脚を惜し気もなく披露しているから、寒くて当然と言える状況だった。

俺に足を指さされた彼女は納得した表情を見せると、直《す》ぐにニヤニヤと挑発的な表情になる。

それからブランケットをめくり、スカートを見せつけてくる。

「やだ、何ガン見してんのかなー？」

「まじまじとは見てねぇよ。ただ、冬場だし気になるだろ？」

「ふーん。えっちじゃん」

「寒そうだなって思っただけで勝手に決めつけんなよ……。ってか、もう少しガードを固くしとけって。無駄にスカートが短い！」

「いいじゃん別に。この長さが可愛いんだよ」

「それにしても短すぎだ」

ただでさえ目を惹《ひ》く見た目をしているのに、こうも挑発するような恰好《かっこう》をするんだからな……。

俺の忠告に霧崎はつまらなそうに、ふんと鼻を鳴らした。

彼女と目が合うと、スカートを際どい位置まで上げて見せつけてきた。

「でも……律は好きでしょ——生足って？」

「馬鹿言え。俺が好きなのはすらっとしたふくらはぎだ」

「どんぴしゃじゃん、それ」

「おっと。うっかり」

「「………」」

無言で睨《にら》み合い……同じぐらいのタイミングで「ぷっ」と噴き出してしまった。

互いによくやるこの馬鹿みたいな掛け合いがおかしくて、自然と笑みが零れてしまう。

毎回、似たようなやりとりをしているが、飽きは来ない。

……何も気負いなく話せるのがいいよな。

俺がそんなことを思って空を見上げていると視線を感じ、気になって見ると霧崎がこちらをじーっと見つめていた。

「えーっと……何か顔についてる？」

「……律に聞きたいことあったんだけど、ちょっといい？」

「いいけど何⁇　なんか遠慮してるみたいだけど、必要はないよ」

「そっか。じゃあストレートに聞くけど、律の彼女ってこの学校だった？」

「へ？」

予想していなかった直球に俺の口から変な声が出る。

その反応に霧崎は目を丸くして、興味深そうに距離を詰め見つめてきた。

「あれ？　図星だった⁉」

「いや、違うけど……どうしてそんな話に？」

「さくらが言ってたよ。『鏑木《かぶらぎ》さんの彼女はこの学校にいます！　私というものがありながら……シクシク』って。相変わらず演技臭かったからスルーしたんだけど、やっぱりちょっと気になったんだ」

「またアイツは変なことを……」

俺は嘆息し、肩を落とす。

おそらく来栖《くるす》といるところを見られたのだろう。

まぁ男女でいるとそういう噂はつきものだから、仕方ないと割り切るしかないっていうのは、わかってるけど……。

無駄に話を大きくしそうだから心配だな。

「まぁまぁ。元気出して。さくらはいつものことだから気にしても仕方ないって。律にライバル意識があるから気になるんだよ」

「だな……。とりあえず、また意趣返ししとくわ」

「あははっ。怖い怖い。ほどほどにね」

と霧崎はニヤリとした。

彼女も何かをするつもりなのだろう。何かを思い付いたかのように少しだけいたずらっぽく微笑《ほほえ》んで、後でよろしくと言いたげに親指をグッと立てた。

「そういえば放課後ってさ。最近、何してんの？」

「前と同じ雑用だよ。先生にあれこれ手伝わされるんだよ」

「ふーん。じゃあいつも通りなんだ。たまにはみんなで遊ばないのー？」

「すまん。その時間はとれないかなぁ。今は評定稼ぎしたいから先生への印象はよくしとかないと」

「そっか。でも働きすぎでしょ。もう少し羽を伸ばした方がいいんじゃない？」

「まぁな〜そういう考えもあるけど。いやいや頼られる男は辛いねー」

「…………」

「……なんだよ？」

「別にー。でもまたかーって感じ。ほんと、馬鹿だよね馬鹿馬鹿」

霧崎は呆れた顔をして肩をすくめた。

何かは察しているようだが、特に止める気はないらしい。

「律のことだから、また誰かのためだろうけど……。施し過ぎは良くないから」

「そんなつもりはないよ。線引きはちゃんとしてるつもり」

「そう？　まぁ私が何を言っても無駄ってことはわかってるけどねー」

「ははっ。これは俺が好きでやってることだから」

「はぁ。自己犠牲精神はすごいねー。私には無理無理。自分のことで精一杯」

「ハハハ……」

不機嫌そうにため息をつく彼女に俺は苦笑した。

そんな俺を彼女は横目で見て、むすっと頬《ほお》を膨らませる。

それから――

「自分だけで抱え込まずに、何かあったら言いなよ。遠慮されるのは寂しいからねー」

霧崎はぶっきら棒にそう言うと、俺の鼻をつんと突《つつ》いてきたのだった。

◇　◇　◇

「なかなか出てこないな……」

俺は時計を確認してふぅと息を吐く。

『せんせーに用事あるから待ってて』と、霧崎がそう言って職員室に入ってから、俺は彼女が出てくるのを待っていた。

十分ほど経《た》ったがまだ出てくる気配がない。

まぁ俺と同様に先生から頼られることが多いから、きっと何か面倒ごとに巻き込まれているのだろう。

俺はそんなことを考えながら単語帳を開き、小テストの勉強をする。

ぺらぺらと何枚かめくったところで、『今日こそは！』と何やら気合を入れる声が耳に届いた気がした。

「おはようございます鏑木さん。今日もいい天気ですね」

挨拶を受け、顔を上げると引き込まれそうな黒く大きな瞳が俺を捉えていた。

黒く艶やかな髪は腰に届くほど長く、雰囲気や見た目の印象は奥ゆかしい日本古来の大和撫子《なでしこ》を彷彿《ほうふつ》とさせる。

彼女——雛森《ひなもり》さくらは印象だけで言えば、誰もが見惚《みと》れるような柔らかい空気を醸し出していた。

そう、印象だけならば……。

（ふふっ。どうですかこの立ち姿！　背後から照らす太陽の光は、さながら『神の降臨』と思えるのではないでしょうか。完璧です。完璧過ぎますっ！　これなら、堕《お》ちない男はいません！）

と、まぁこんな感じで裏表がハッキリしているのだ。

本性を知らない人だったら、彼女の言う通り見惚れるに違いない。

現に彼女の優しい雰囲気に騙《だま》されて、告白する男子は後を絶たないという話だ。

ま、俺からしたら有り得ないことだけど。

俺は、微笑を浮かべる雛森に視線を向ける。

「よっおはよう。雛森は、相変わらず演出が上手《うま》いなぁ」

簡単な挨拶と素直な感想を述べ、視線を単語帳に戻した。

毎週、単語テストがあるから地味に大変なんだよなぁ。範囲が広いしね。

さて、集中して勉強を——と思ったら、「無視は酷《ひど》くないですか？」と肩を摑《つか》まれてしまった。

「雛森は、単語テストの勉強をしないのか？」

「私は何でもパーフェクトですので問題ありません。品行方正、純真無垢《じゅんしんむく》、純情《じゅんじょう》可憐《かれん》、才色兼備な美少女ですから」

「自分で言うことか、それ」

「事実ですから、隠しようがなく漏れ出てしまいます（ああ、私はなんて罪な人間なのでしょう。すべてを魅了してしまうなんて）」

「はいはい。それはようございました」

俺は再び単語帳に視線を落とした。

ふむふむ。今日は、中々に覚えにくいのが多いな……。

集中しないと、満点を逃して――

「また無視は酷いですよ！　ていっ!!」

「痛っ!?　急に頭を叩《たた》くなよ。知ってるか？　叩かれるだけで細胞が死滅するんだ。俺の頭に入った単語が抜けて、満点を逃したらどうする」

「単語テストと私。どっちが大事で――」

「単語一択だろ。世の中はグローバルだからな」

「………………（即答!?　ゔぅ……この男は～っ!!）」

雛森は怒りでぷるぷると震え、心なしか手に力が入っているようだ。

それでも俺が相手をしないでいると、諦めたのか「はぁぁ……」と盛大なため息をついた。

「お、今日はもう終わり？」

「……なんで、鏑木さんは私に対して冷たいんですか～。流石《さすが》の私でも、反応が雑過ぎて泣いちゃいそうです……」

「泣きそうって……いやいや、メンタル強いから大丈夫だろ」

「まぁそうですけど（鏑木さんはもー少しデレデレになって、鼻の下を伸ばしてもいいと思うんですよね～。これでは私が弄ばれている感じで……悔しいです！）」

それは認めるんだな……何故《なぜ》かドヤ顔してるし。相変わらず、自分への自信が強い。

内面もいつも通り。平常運転でダダ漏れだよな……。

俺はため息をついた。

「はぁ。雛森は、俺に何を求めてるんだよ」

「普通の反応が欲しいですね。鏑木さん、私にだけ冷たい気がしますし（最終的に欲望のままに襲ってきて、それを私が華麗にいなす。その流れが最高ですねっ）」

「あいにく、それは叶《かな》わぬ願いだな。雛森の行動が演技って分かっているのに乗っかるわけないだろー」

「演技？　なんのことでしょう⁇（これもバレてる⁉　嘘《うそ》……これでも演技は上手いと思うんですけど。むむむ……どうして鏑木さんには、バレるんでしょう？）」

「白々しいな、おい。まぁ雛森は、演技は上手ではあるんじゃないか？　周りは全然気がついてないし、立派だよ立派。俺に対してはまだまだだけど」

「演技じゃないですよー……」

と、雛森は不満そうに口をとがらせた。

諦めたように、あたかも負けたように……そんな空気を醸し出して俯《うつむ》いてしまった。

一見、拗《す》ねて静かになったように見える。だが――

（鏑木さんには、何をやっても全然通じませんね。ここは更なる一手で攻めるべきでしょう。何事も人というのは不意な出来事に弱いものです。弱ったと見せかけての攻撃……これで逆転ですっ!!)

と、相変わらず腹の中は真っ黒だった。

……ほんと、飽きないし負けず嫌いだよな。

「傷つきました。鏑木さんに遊ばれて……」

「誤解を生むような発言をするな」

「本当のことですよ。私のハートに一ミクロンの傷が入ってます」

「それ、ほとんど無傷じゃないか」

「傷つき過ぎて動けません……しくしく」

「泣き真似《まね》が下手すぎるけど…………はぁ。じゃあ、どうすればいいんだよ」

「私を……優しく介抱してください。教室までお姫様抱っこは……ダメですか⁇」

「お姫様抱っこねー……」

(フフフ。これは動揺してますね。上目遣いからの甘える仕草。これは胸キュンポイント千点が入りますよっ!! いくら鏑木さんと言ってもこれはできない筈《はず》です。恥ずかしがって出来なかったところを煽《あお》りに煽ってみせましょう!)

って考えてるんだよなぁ……。懲りずにやってくるから、ほんと鋼のメンタルだよ。

まぁ、こうなったら俺に出来ることはひとつ。

雛森の期待通りに動かず……負かす。

俺は彼女の手を握り、こちらに手繰り寄せた。

「お姫様抱っこでいいんだよな?」

「へ?」

間抜けな声と共に彼女の顔が赤く染まる。

近くに寄ったことで甘い香りが鼻孔をくすぐり、くらっとするが……笑みを崩さずに彼女を見つめた。

雛森は『え、何⁉ どうしてですか⁉⁉』と、かなり動揺しているようである。

「ほら早く。近づいてくれないと抱きづらいだろ」

「え、へ、ちょ……ちょっと!」

「いいから俺に任せて。恥ずかしいなら目を閉じといてよ。優しくするからさ」

「……はい」

弱々しく返事をした彼女は目をつぶる。華奢《きゃしゃ》な肩をぷるぷると震わせていた。

……もう、十分かな。これ以上は可哀想《かわいそう》だろう。

ってか、流石に俺も恥ずかしいわ。

「冗談だよ。毎度、返しに弱いな雛森は」

雛森の頭をちょんと突《つつ》き、そう言うと彼女は肩をわなわなと震わせ、それから顔を真っ赤にして不服そうな目を向けてきた。

「酷いですっ！　乙女の純情を弄びましたねっ!!」

「ほぉ〜。でもそれはお互い様だろー？　あんな見え透いた演出でからかおうなんて百年早いわ」

「ナ、ナンノコトデショー」

「片言になってんぞ、おい」

雛森は、攻めるのは得意でもその反撃に対して極端に弱い。

付き合いは高校からだが、今まで自分の思い通りにならないことなんてなかったのだろう。

全ては計算通り。全ては予定調和。そんな生活だったに違いない。

だからこそ、俺のように予想外な行動をとる人物にめっぽう弱いというわけだ。

（……また一本取られてしまいました。けど……次は負けませんっ！　絶対に告白させて、そして——振ってみせますからっ!!）

それにしても告白を促して振ることを考えるって、拗《こじ》らせた気合の入れ方だなぁ。

可哀想な人を見るような目を雛森に向け、俺はため息をついた。

「そういえば鏑木さん。最近、何か良いことってありました？」

「何かって？」

「うーん。そうですね……（どう聞くのがいいのでしょう。シンプルに『彼女ができましたか？』と聞くとはぐらかされそうですし。ここは、少しずつ外堀を埋めて逃げれないようにするべきですね。ふふっ。完璧です……ぶいっ！）」

あー。なるほどね。相変わらず心の中が筒抜けだよ。

まぁ、雛森はいつも色々と考えながら言葉を発してるし、『ぶいっ！』って心の中でガッツポーズしちゃうから、聞くつもりなくても聞こえてしまうんだけど。

主張が強いね、ほんと。

「あれですよ。そ、その女性関係でいいことあったのかなーぁと！」

「女性関係？」

「そうです！　例えば新しい恋人ができたとか、彼女ができたとか、ガールフレンドができたとか……どうです？」

「それ全部同じ意味じゃないか？」

「ま、まぁいいですから教えてください。減るもんじゃないじゃないですか」

この態度からしても、やっぱり来栖と一緒にいるところを見られたっぽいな？

雛森は生徒会役員だし、ボランティアや来栖との練習を目撃してもおかしくはない。

だから、霧崎なら知ってると思って彼女にカマをかける意味で言ったのかもしれない。

でもさ……探りが下手過ぎるって!!

俺は笑いを抑えようと、

「ぷっ」

「何がおかしいんですか⁉」

「い、いや。なんでも。ただそんな質問が来るとは思ってなかったからさ」

「そうですか⁇　まぁいいです。ほら、さっさと答えてください」

少しずつ外堀を埋めるなんて思っていたから、回りくどく来るなんて考えていたけど。

思ったよりストレートに来たから。つい笑ってしまった。

俺は気づいているのを顔に出さないように、わざとらしく欠伸《あくび》をして気持ちを整えようとする。

雛森をチラリと見るとあくまでスマートな対応をしたつもりらしく、澄ました顔をしていて、でも瞳からは好奇心が伝わってくるようだった。

「女性関係だと。最近、酒癖の悪い姉さんに絡まれなくて済んだこととかかな」

「え、お姉さんですか……？」

「そうそう。いつも厄介なんだよ。仕事後に同僚と飲んできたとかでダル絡みしてきてさ」

「へ〜。鏑木さんってお姉さんがいらしたんですね」

「まぁね。ちなみに雛森は兄弟っている？」

「私はいないですよ。一人っ子でのびのびとしていますね」

「だろうね」

「むっ……それはどういう意味ですか？」

雛森は不満そうに顔をしかめ、俺へジト目を向けてきた。

ぷくっと可愛《かわい》らしく膨らませているその頰《ほお》に、つい触れてみたくなる。

だが、彼女の挑発に乗るわけにはいかないから、興味なさそうに天を仰いだ。

「だって雛森は結構甘えん坊だろ？」

「な、何を言うんですかっ⁉」

「普段は、なんでも一人で出来る一面を見せてるけど。実は寂しがりなところがあって、本当は一緒にやりたいとか考えてるよな」

「チガイマスヨー。何を根拠に……」

「みんなが楽しそうにしてるのをチラ見してるし、いやガン見してると言ったほうが正しいか」

「ぐふっ……」

「羨ましいって顔してたぞ？　目は口程に物を言うとはよく言ったもんだよな」

「む、無念です」

雛森のメンタルを削り過ぎたせいか、彼女は肩を落とし項垂《うなだ》れてしまった。

内心では『どうしてそんなにバレているんですか〜っ‼』と嘆いている。

けど、復活の早い彼女は顔を赤らめながらも直《す》ぐに姿勢を正して、向き直ってきた。

「ま、まぁ。弱みを見せたところで問題ないです。失敗は成功のための礎ですから（この失敗も次に鏑木さんを打ち負かす為《ため》の布石……。そういうことにしておきましょう）」

「そうか。相変わらず無駄に前向きで強いなぁ」

「何せ私は完璧ですからね（完璧な美少女は全てにおいて最強ですから！　こんなことでへこたれませんよ〜っ！）」

気合十分な彼女は、そう言うと屈託のない笑みを浮かべた。

裏の声が激しいけど、頑張り屋で一生懸命なところは素直に好感を持てるよなぁ。

だから、彼女と話していても苦じゃないんだろう。

心の声が煩《うるさ》いのに、嫌な気分にはなったことがないし。

「さて、鏑木さん。次の勝負は何にしますか？」

「これ勝負だったのか？」

「そーですよ！　まだ五分五分のイーブンですからね」

「何の勝負かわからないけど。まだこの『トキメキゲーム』をやるのか？」

「ときめきげーむ⁇」

「そうそう。いつも雛森が周りに仕掛けて、優越感に浸ってる趣味のことだよ」

「な――っ⁉⁉」

雛森は図星を突かれたことが一目でわかるような表情であたふたとし始める。

動揺を見せまくる彼女の前で、タイミングよく職員室のドアが開き霧崎が中から出てきた。

「ちょっとー。また夫婦《めおと》漫才？　朝から仲がいいことで」

「す、涼音ちゃん⁉　ち、違いますから！」

「ほんと？　やりとりが職員室まで聞こえてたけど、先生までそう言ってたよ」

「ほぉほぉ。なるほどな。やはり息が合うということは、このままゴールインも近いと。俺は雛森に愛されてるなぁ？」

「待ってください鏑木さん！　悪ノリはダメですよっ‼」

「あれ？　悪ノリって、さくらは『鏑木さん大好きです！』ってよく言ってなかった？」

「涼音ちゃん……あ、あれは……なんというか……」

「……まさか嘘《うそ》？　俺とのことは遊びだった。そういうことか……？」

「ち、違います。遊びじゃなくてですね」

「ふーん。じゃあ、本気ってことなんだ？」

追い詰められた雛森は右往左往している。

彼女の反応が面白くて、つい悪ノリをしてしまった。

雛森は観念したのか霧崎の肩を摑《つか》み、ゆさゆさと揺らし始めた。

「二人して私を虐《いじ》めないでください！　二対一は卑怯《ひきょう》ですよ〜」

「『因果応報ってことで』」

「息ぴったり!? (今のやりとりといい、どう考えても二人の方が夫婦感強いじゃないですか～っ！　もうっ!!)」

雛森の叫びに俺と霧崎は顔を見合わせる。

少しの沈黙の後、思わず破顔し、声を上げて笑ってしまった。

その態度に雛森は不服そうに頬を膨らませ「笑わないでください！」と、言ってくる。

こんな馬鹿なやりとりに楽しさを感じていると、にわかにざわついた声が聞こえてきた。

「うん？」

主に聞こえるのは男子の声。「可愛いなぁ」という容姿を褒める言葉ばかりである。

声が気になり俺がそちらに視線を向けると、来栖がちょうどこちらに歩いてきていた。

俺の存在に気がついたのだろう……一瞬だけ視線が交わる。

だが、彼女はすぐに逸《そ》らしてしまった。

(鏑木君に挨拶……？　周りに人がいると迷惑に……。挨拶ぐらいはしたいけど)

俺に気を遣い遠慮しようと考えた彼女は、そのまま横を通り過ぎようとする。

「来栖、おはよう」

(え……挨拶？)

俺から声を掛けられたのが予想外だったのだろう。彼女は立ち止まり、大きな目をぱちくりと何度も瞬かせ、その場で固まってしまった。

さらに言えば、呆気《あっけ》にとられた風になったのは彼女だけではなく、廊下にいた他の生徒たちも同じで、騒がしかった廊下は一瞬だけ静寂が訪れた。

そんな周りの様子を気にすることなく、自分の顔に笑顔を張り付ける。

（挨拶、鏑木君から……頑張らないと）

俺は表情を崩さずに、頑張ろうとする彼女をただ見守った。

ゆっくりとタブレットをとり出した来栖は、恐る恐る……いや、俺以外の人には淡々として見えることだろう。

ただ一言、【おはよう】という画面を見せてきて、足早にその場を立ち去った。

（嬉《うれ》しい……挨拶してもらえた、ふふ）

去り際に聞こえた振る舞いからは見えない声。その声に、俺は思わず苦笑する。

……あの声が周りにも聞こえれば、すぐにでも変わるんだけどなぁ。

彼女の心の中を知らない隣にいる二人は顔を見合わせ、面食らったようにきょとんとした。

「あれ？　今、来栖さんが挨拶を返しました……よね？」

「たしかに。私も初めて見たんだけど、律には挨拶するんだね」

「うん？　挨拶ぐらい返すんじゃないか？」

「そうですか？」

「そういうもんだよ。じゃあいこっか」

頭の上に〝はてなマーク〟が浮かんだように首を傾《かし》げる二人を尻目に、俺は自分の教室に足を進める。来栖が挨拶を返してくれたことに、そっと安堵《あんど》の息を漏らすのだった。

◇◇◇

「多分、もう来てるよなぁ」

放課後。俺はそんなことを呟《つぶや》き、保健室に向かって歩いていた。

いつもは先生の手伝いをするために保健室へ向かうこの日課も、最近は別の意味合いを持っている。

「心が可愛い相手への耐性ってどうやったらつくんだ？」

ハハハと乾いた笑いが口から出て、同時に無表情な彼女の顔が浮かぶ。

見た目通りで冷たい内心だったら、ここまで悩むことはなかったけど。

彼女と話せば話すほど、ある種の使命感が生まれてきていた。

知らなければただの同級生で済んだのに、知ってしまえば気になってしまう。

そんな、自分の性《さが》につくづく嫌気がさしていた。

「文句を言っても、それが性格だから仕方ないか……」

ため息混じりに言い足を進めていると、いつの間にか保健室の前に着いていた。

ドアの前に立ち、開けようと手を伸ばす。すると、聞き慣れてきた綺麗《きれい》な声が聞こえてきた。

(……部活、楽しそう。仲良さそうで羨ましい……)

来るの早いな、本当に。

そう、あのボランティア以降——俺は彼女とよく放課後を過ごしていた。

と言っても恋人とか浮ついた関係ではなく、彼女の目指すものを手伝っているだけだ。

そのための会話練習をしていたら、疑うことなく純粋な気持ちで褒《ほ》め讃《たた》えてくるので、俺はなんとも言えない気持ちになっている。

……心の声が聞こえることを知ったら引くんだろうなぁ。

俺は嘆息し、ドアをゆっくりと開けた。

「失礼します」

俺が保健室に入ると、視界が来栖の姿を正面に捉えた。

彼女は窓際に佇《たたず》み、ぼーっと外を眺めていて、どうやらこちらに気づいていないようだった。

「……絵になるよな」

それを見た俺の口からそんな声が自然と漏れ出ていて、直ぐに口を押さえた。

何を口走ってるんだよ……聞かれていたら恥ずかしいじゃないか。

けど、そんな声が出るのは仕方ない。と、俺は心の中で言い訳をした。

だって。窓から射《さ》しこむ光が彼女を照らし、茜色《あかねいろ》の斜光がスポットライトのようでどこか神秘的な雰囲気を醸し出していた。

非常に目を惹《ひ》く容姿をしているだけに、口からぽろっと声が漏れてしまったのだ。

……あほか。動揺を見せるなよ。

俺は、頬を叩《たた》いて深呼吸をする。表情を整えてから彼女を見ると、丁度こちらの存在に気づいたようで、振り返ると丁寧に頭を下げてきた。

「来るの早いね。待たせた？」

（……楽しみだったから急いで来た……恥ずかしくて言えないけど）

彼女は首を横に振り、それから目を伏せて俯《うつむ》いた。

「そ、そっか。それならよかった」

彼女からの先制パンチに俺は言葉を詰まらせる。

そんな動揺を悟られたくなくて、俺は直ぐに来栖へ話を振ることにした。

「そういえば来栖。今日は先生がいないのか？」

【二人っきり（……鏑木君とたくさん話せるね）】

「へー……」

【誰も来ない（……先生の代わり。でも、骨折の人が来たら……どうしよう）】

「……」

いや、俺には発言から誤解が生まれないからいいんだけど。

どうして、こうも伝え方が残念なんだよ。しかも、目つきが鋭く不機嫌そうだし、傍《はた》から見れば何かを企《たくら》んでいるのではと思うに違いない。

彼女のことを知らない人からしたら、ちょっとした恐怖だよな……。

俺はため息をつき、先生がどこに行ったか知ろうと周りを見渡した。

先生の荷物がどこにもなく、鞄《かばん》もないことからどうやら直ぐには帰って来なそうである。

「うーん。先生は研修か会議ってところか？」

【うん】

「なるほどね。けど、そうなると先生不在でこの場所は使えないよなぁ」

先生がいないのに保健室で二人っきりという状況を見られたら、要らぬ誤解を与えるかもしれない。決してやましいことは何もなくても、囃《はや》し立てる奴《やつ》はいるから厄介なことだ。

けど、だからといって今から他の場所を借りようにも、生徒会へ申請書を出していないから当日では無理である。

先生が言ってくれていたら、どうにかなったんだけど……。

「どうしたもんか。今日は中止にした方がいいのかな？」

俺が悩んでいると来栖は焦った様子で何かを書き始める。

そして、書き終わってから俺の顔面に当たるかぐらいの距離で見せつけてきた。

【『入り口に張り紙を貼ったから好きに使って問題ない。ただし、健全にな』って先生が（……帰りたくない）】

「気がつかなかったけど。張り紙があったのか……ってか、あの先生は何を心配してるんだよ」

（……何かあったら頑張る。準備は万端）

「えーっと、やる気があるのは分かったけど……。いくつも包帯を持って、そんな重装備で何を頑張るつもりなんだよ」

（……ばっちこーい）

何とも言えない心の気合の入れ方に俺は苦笑した。

「ははっ。気合十分なのはわかったけど、保健室でするのは応急手当ぐらいだからなー」

【了解（……残念。役に立つチャンスなのに……）】

「まぁ落ち込むなって。保健室なんて暇な方がいいぐらいだよ。その方が何事もなくて平和ってことだろ？」

（……健康が一番）

「とにかく。俺らに出来ることは慌てないことだよ。肩の力を抜いてどしっと構えておこうぜ」

【流石《さすが》師匠（落ち着いてて大人……カッコイイ）】

師匠じゃないって。

まぁ否定すると、しょんぼりするのが目に見えているから、言わないけど。

「さて、じゃあ早速だけど来栖に――って、何してるんだ？」

約束通り、来栖の手伝いをしようとしたら来栖が慌てて準備を始めた。

頭に鉢巻を装着し、机にはボイスレコーダーが置かれた。映像を撮りたいのかスマホを固定し、俺の姿が映るように調整をする。そして最後にノートを取り出して、俺にチョコを握らせると真剣な眼差《まなざ》しを向けてきた。

【どうぞ（……集中集中）】

「どうぞって。えー……これは記者会見か何か？」

（……家で練習できるように録音しないと）

「真面目なのは分かったけど。録音するようなことでもないよ」

【復習（……鏑木君の声、何度も聞きたい）】

「ハハハ……復習は大事だよね」

心の声が心臓に悪くて、変な笑いが出たな……。

ただ単に会話の練習を家でやるつもりなんだろうけど、余計なことを考えてしまう。

俺はコホンと咳払《せきばら》いをして仕切り直した。

「ってことで、来栖のコミュニケーションが上手《うま》く行くように考えていこうか。自分で言うのは恥ずかしいけど、俺みたいなってことでいいんだよね？」

（……コツを知りたい。上手く行く気がする）

「あー、めっちゃ期待してるところ悪いんだけど、結論から言うと無理」

来栖は効果音で〝ガーン〟と聞こえてきそうなぐらいあからさまに落胆した様子を見せ、俯いてしまった。上目遣いで俺を見てくるその姿はチワワを彷彿《ほうふつ》とさせる。

「いや、言葉が悪かった！　端的に言うと個人のやり方をまんま真似《まね》ても厳しいことが多いんだよ。自分は自分でしかないから、いくら真似たところで本物にはなれないし、無理をすれば破綻する」

それに俺の場合は、心の声が聞こえるというズルもあるから真似させようがない……ってこれは言えないな。

俺の言ったことが伝わったのか、来栖は姿勢を正し座り直した。

【どうするの？】

「単純な話だけど、来栖の良さを知ってくれる人を増やす」

【良さ？】

「素直で頑張り屋で……馬鹿なところかな」

（……褒められてないような？　鏑木君が言えば褒め言葉？）

「はは。つまるところ、友達を作ってこうよ。互いに尊重して思いやれる間柄で本音で話が出来る。そんな友達をね」

【耐久之朋《たいきゅうのとも》（……長く変わることのない友情。対等な友達。それって憧れる）】

「おっ物知りだな来栖は。そうそう、そういう存在っていてくれるだけで嬉しいだろ。だから、そんな相手を見つけることが目標かな」

（……歳《とし》をとっても話せる友達。うん……考えるだけで胸がぽかぽかする。作るために頑張らないとね）

表情に変化はないが、来栖は拳を握り気合を入れる素振りをみせた。

内面がわかる分、可愛《かわい》らしく見えるのだが……。何も知らなければ、無表情で拳を振りかざしてきそうなサイコな人にも見えてしまう。

これは……笑顔トレーニングもした方がいいな。

やって損はないし、改善されればそれだけで印象も変わるだろう。

あれこれ一気に伝えて行動に移したいのは山々なんだけど……うーん。

俺は来栖をチラリと見る。

彼女は俺の反応を待っているようで、今か今かと目を輝かせていた。

——絶対、空回りするよな。

保健室やボランティアでの出来事を思い返してみて、確信していた。

来栖は生真面目で頑張り屋って良さはあるが、同時に融通が利きそうにないという短所がある。

だから、駆け足で進むと全部実行しようとしてパンクすることだろう。

俺が『今日からガンガン行こうぜ！』って言ったら、疑いもせずにひたすら突っ込んで行きそうだもんな……何事も。

そうなると牛歩でもいいから一歩ずつ——うん？

「何で袖を摑《つか》んで………あー、聞きたいことがあるのか。悪い、考え事してたよ」

（……邪魔してごめんなさい）

「えーっと。とりあえず、しょぼんとしないでいいよ。全く邪魔をしたと思ってないし、寧《むし》ろ現実に引き戻してくれてありがとうって感じだから」

気にした様子を見せた彼女にフォローを入れる。

すると、彼女はホッとしたようでタブレットに聞きたいことを書き始めた。

【鏑木君が考える友達は？】

「俺？」

こくこくと頷《うなず》き、興味深そうな表情をした。

「気になることなのか⁇　うーん……そうだな。強いて言うのであれば……。〝管鮑之《かんぽうの》交《まじわり》〟ってところかな」

（……流石は博識な鏑木君。私にはわからない……）

「これは、あまり聞かないもんな。けど、大した意味じゃないよ。それよりも、今後について考えてこうよ」

　俺は話を切り上げ、保健室に置いてあった大きめのホワイトボードを来栖の前に持ってきた。

「こほん……って、ことで早速。友達を作るために、来栖のことをよく知ってもらおうと思う。今は知ってもらう前に機会が終了してしまうことが多いだろうからね」

【無念（……話せないね、いつも）】

「だから、話しかけてもらうためにキッカケ作りとそのキッカケを上手く摑むための準備をしていこうと思ってね。じゃあ、まず聞きたいんだけど、来栖は『人に好かれる三大要素』って知ってるか？」

　俺の質問に来栖はきょとんとして首を傾げたので、ホワイトボードに三つの要素を書いた。

「まぁこれはあくまで持論なんだけど。ざっくり分けて見た目、性格、タイミングの三つだよ」

（……見た目や性格はイメージできるけどタイミング？）

「タイミングっていうのは自分と波長が合うかどうかって話。ほら、たまにいるだろ？どんな行動をしてもタイミングが悪くて人をイラつかせてしまう人って。間が悪いとか、『何で今⁉』みたいな」

（……私しかいない気がする）

「そう落ち込む必要はないよ。これはあくまで相性の問題で、接した相手とのマッチングが上手く行くかどうかだ。それに、タイミングより前の二つの方が重要だからね」

【皆無（褒められたこと……ない）】

「そうなのか？」

来栖は自分で書いて悲しくなり、肩を落とし俯いてしまった。

どうやら自己評価が低いようだけど……。

まぁ、そうか。誰も近寄って来なければ評価を知りようがないから、わからないよな。

このまま自信をどんどん失ったら何も変わらないし、元気付けないと……。

「俺が言っても説得力がないかもだけど、来栖はどれをとっても悪くないよ」

（……そう？）

俺の言葉に反応した来栖は僅かに顔をあげ、耳を傾けている。

それを確認した俺は話を続けた。

「見た目については言わずもがな、美人だろ？　写真撮ってＳＮＳに投稿したらバズるぐらいに」

（……照れるよ。顔が熱い）

「性格だって、みんなが気づけば頑張り屋で真面目で真《ま》っ直《す》ぐな性格という好感が持てるものだしね。相手に気を遣って尊重しようとしていたりとかもあるな。一歩引いて相手を立てるとか、素直なところとか、良い要素でしかないよ」

（……は、初めて言われた。嬉《うれ》しいけど……言われ慣れてないの）

「後は、それから――」

来栖が俺の手を握り、頭を左右に振る。

彼女の表情は下を向いて見えないけど、耳は赤く染まっていた。

（……ダメ。言わないで……心臓が死んじゃう）

「ああ、悪い。でも少し変われば良い方に転がることを知って欲しくて」

（……ありが……とう）

来栖は顔を赤くしてもじもじとしているが、どうやら前向きになったようだ。

ってか……この照れた様子とかを周りが見れば、可愛さに悶《もだ》える気がするんだけど。

こういう姿を見せれていないのも惜しい。

まぁこれは全て、話すことができれば解決なんだけど……話さない理由がセンシティブな内容だったらと思うと、聞きにくいんだよな。

「えっと、これで俺の言いたいことは伝わったと思うんだけど。来栖は最初の印象の変化、それから会話のやりとりがスムーズになればかなり受け入れられるってこと」

【了解】

「ちなみにタブレット以外のコミュニケーション手段はある？」

【タブレット命（……話せない。固まって……）】

「そうか……。じゃあ、タブレットの上手な活用方法も考えないとね」

来栖はぺこりと頭を下げた。

唇をぎゅっと結び、苦い思い出に耐えているような顔が少しだけ見えた気がした。

きっと、コミュ障の原因となった失敗があるのだろう。

けど、今はこれ以上、聞くことが俺には出来なかった。

――言いたくないことは誰にでもあるよな。

俺にだって言いたくないことの一つや二つある。だから、そう自分を納得させた。

まぁどちらにせよ、彼女の手伝いをすることには変わりない。

これから関わる機会を増やして、どうにかしていこう。

「とりあえず、連絡先交換するか？」

【固定電話？】

「違うよ。ほら、スマホ持ってない？　これから待ち合わせとかするのに、連絡先を知らないと何かあった時に聞けないと困るだろ？」

（あるけど……本当に交換するの？）

「連絡先を教えない主義なら別の方法を考えるよ」

【する】

そう反応を見せると、わかりやすいぐらい目を輝かせた。

それから、慌てた様子でスマホを鞄《かばん》から取り出し膝に置く。

じーっとスマホを見つめ、指示を待っていた。

……めっちゃウキウキしてて、なんか恥ずかしいんだけど。

「もしかして、来栖はやり方を知らない？」

俺の問いに来栖は気まずそうに顔を逸《そ》らした。

……出来ないこと知られると、幻滅されるとか考えてるし。

まぁ普通に俺がやればいいか。

「んじゃ、貸して。アプリは……あ、ダウンロードされてるな。このアイコンはウサギ？　もしかして羊毛フェルトで作ったやつかな⁉」

（……うぅ、見ないで）

来栖はよほど恥ずかしいのか。普段は変化が見えない顔を赤く染め、手で隠してしまった。

でも、残念ながら耳までは隠せてない。更に言えば、心の声が筒抜けなので……恥ずかしがる声がさっきから大音量で聞こえっぱなしである。

俺は、何も知らない風を装い微笑《ほほえ》みかける。

「教室を借りた時とか、待ち合わせの連絡をするから」

【いいの？（嬉しい……けど）】

「いいっていいって。放課後は先生の手伝いばかりだし、あわよくば来栖にも手伝ってもらおうと思ってるからさ——よし、これで登録完了っと」

俺は来栖にスマホを返し、画面を確認させる。

来栖は〝ｒｉｔｕ〟という俺のアイコンを嬉しそうに眺め始めた。

（……送ってみる）

そう彼女が思ったと同時に俺のスマホがブブッと鳴り、画面が光る。

画面を見ると可愛《かわい》らしいウサギのスタンプが送られて来ていた。

「可愛いスタンプ持ってるね」

（……ふふ、初めて送れた）

「まぁ気軽に連絡してよ。俺からも何かあったら送るし」

【いいの？】

「いいよ。俺はいつも暇してるから、遠慮された方が悲しいしね」

彼女は頭を下げて背を向けると、鞄にスマホをしまった。

拒否したようにも見える彼女の動作……。

表情は見えないけど——

（……嬉しい……えへへ）

そんな、心の声が俺の頭に響いていた。

◇◇◇

その日の夜。俺はいつも通り夜更かしをしようとしていた。

だが、この前に体調を崩したということもあり、少しだけ家族が厳しくなっている。

「いつまでも起きてないでさっさと寝ろよー」

と、心配する姉の声に「わかってるよ」と返事をした。

俺は直ぐに電気を消し、ベッドで横になる。

身内となると俺の性格を理解しているのだろう。大人しく従うのかが気掛りなようで廊下から『様子を見るために少し待つか』と声が聞こえた。

息を潜めて音を出さずに大人しくしていると、ドア付近に感じた姉の気配がようやく遠ざかってゆく。

「さて、根競《こんくら》べも済んだことだし。勉強でもするか」

そう思ったその時、俺の状況を知っているかのように、スマホの画面が光って〝ブブッ〟と振動した。

画面を見ると、

『ご指導ご鞭撻《べんたつ》、誠にありがとうございました。今日の内容を頭に入れ、今後とも精進する所存です』

来栖からそういう内容が届いていた。

「ビジネスマンかよ……」

俺はため息をつき、肩をすくめた。

お堅いとは思ってたけど、同級生にこの文は流石《さすが》にダメだろ。

「『俺がやりたいだけだから、気にしないでいいよ。とりあえず文面が堅いから、もっとフランクに』と……まぁこんなぐらいでいいよな？　送信っと」

『りょうかい』

「……え、返信早くないか？」

俺はスマホを見ながら驚愕《きょうがく》した。

送って数秒で返ってきたんだけど。てっきり、来栖のことだから一つの文を考えるのに

かなり時間を費やすと予想してたんだが……。それに、なんで平仮名⁇

分からないことが多いけど……。

「まぁ……とりあえず『返信が早くて驚いたよ。なんでひらがな⁇』って返しておこう」

『迅速に』

「また速いな、おい」

早いのはいいけど……何を考えてるかわからない!!

これだと返信を待っているのか。話を切りたくて短文で終わらせているのか、どっちだ？

性格を考えれば後者な気がするが……あー画面越しだとわかんねー。

もし、仮にスマホ上は饒舌《じょうぜつ》だったらコミュニケーションも上手《うま》くいくんじゃないかと思ったけど、これでは厳しそうだなぁ。

世の中、そんなに甘くないってことだな。

俺はため息をつき、スマホに向き合った。

「どうしたもんかな？　もう寝たいとか、それとも俺が質問を……いや、ここは来栖に意思を確認するのがいいか。『何か聞きたいこととかある？』って感じで出方を見て、その内容から推察をして行動を決め……って、また返ってきた」

『明日も練習？』

「練習はするつもりだけど……ってか、会話が続いたな。ってことは、直ぐには話を切りたくない可能性が高い？　うーん……」

　俺はスマホを横に置き、画面の向こうにいる来栖の姿を想像した。

　スマホを握り、ずっと画面を見ているなんてこと………下手したら、失礼がないようにとか考えて正座とかしてたりして？

　返信は絶対に早くしなきゃいけないとか、お堅いことを考えていたりも？

「ははっ。まさかそんなわけないか……！」

　俺は笑い、真っ暗な天井を見る。

　ものすごい嫌な予感がするから返した方がいい気がしてきた。

　俺の要らん気遣いかもしれないけど、確認してみるか。冗談のつもりでね。

『来栖。ちなみにだけど、返信する時に正座とかいらないからな？』

　まぁ、俺の取り越し苦労だったらいいけど、俺は直ぐに返信が届いた文面を確認する。

『了解』

　その内容が俺の顔を引きつらせた。

　……当たってるのかよ。

　俺はため息をつき、額に手を当てた。

　ちなみにだが、電子機器を通して心の声は聞こえない。あくまで近くにいる時だけだ。

だから今回はズルではなく、本当に予想だったんだけど……。マジで片時もスマホを放さずに握ってそう」

「これが当たってるとなると、他も当たってそうだよな。

俺の返信がなかったら、永遠に朝まで待ちそうな気がしてきた。

考え過ぎかもしれないけど、楽しみにしてる来栖を考えるとやめにくいなぁ。

「今度会ったら、何時までって決めておこう」

俺はそう決め、彼女とのやりとりを――朝まで続けたのだった。

◇　◇　◇

また別の日の放課後。

俺は多目的室を借りて、来栖が来るのを待っていた。

毎日ってわけではないが、来栖と会話の練習をしている。

教室を借りるために表向きは勉強会ということになっているけど、実際は来栖に色々とレクチャーしていた。

「鏑木ー。使い終わったらいつも通り鍵を返しとけよ～」

「りょーかいです。いつもありがとうございますっ！　毎回、保健室を借りるわけにもいかないですから有難《ありがた》いですよ」

「まぁ私は悩める生徒の味方だからな。だが鏑木、いくら多目的だからって他の目的で使うなよー？」

「お下品やめてください。仮にも先生なんですから、生徒に言うのはどうかと思いますよ」

「かっかっか!! 冗談だ冗談！　お前はそんなことをしないとわかってるよ。けど、気持ちっていうのは移り変わりが激しいから、念のためと思ってな」

「いらん心配ですよ、それ。自分で言うのもアレですけど、枯れてるんで」

「ほぉー」

先生はこちらの顔色を窺《うかが》うような目つきになった。

「本当にそうか？　私としては、お前がどう恋慕に馳《は》せるか気になるんだがなぁ。学生たる者、勉学はもちろんだが恋愛にも精を出さんとな」

「まぁガリ勉のみだと先生みたいに婚期が遅れますもんね」

「貴様、今何か言ったか？」

「何事も根気強くデスヨネー……」

今にも人を殺《あや》めてしまいそうな怒気のこもった視線を向けられ、俺は顔を逸《そ》らした。それから自分の言ったお茶目《ちゃめ》な冗談を誤魔化《ごまか》すように、軌道修正することにする。

「真面目な話。マジで何もないですよ」

「あってもいいんだぞ？」

「何言ってるんですか……。ま、仮に起きたとしても、リスクのある行動を俺はとらないですね。痴情のもつれはマイナス印象しか生まないんで、いっときの感情で自分の積み上げたモノを壊すことは避けますよ」

「はぁ……残念な男だなー」

「いやいや〜。色恋沙汰で身を滅ぼすのは世の常ってことで。だからこそ、うつつを抜かしたくないですね」

「ひねくれてんなぁ、この似非《えせ》イケメン」

「褒めないでくださいよ」

「………（本当に救えんバカだなぁ）」

残念な人を見るような視線を俺に向け、先生は嘆息した。

でも俺に言っても無駄だと理解しているから、これ以上言うつもりはないようで、時計をちらっと確認すると教室の入り口の方に歩いてゆく。

ドアに手をかけたところで、動きが止まりこちらを振り向いた。

「じゃあ私は行く……が」

「なんですか？　その疑うような視線……」

「間違っても〝おかしな気〟は起こすなよ？　いいな？　絶対にだぞ⁈」

「しつこいですって！　『押すなよ。絶対に押すなよ』的なノリで言わないでください」

先生は手を振りながら教室を出る。

廊下に出たところで一瞬だけ横を向くと、にやにやと意地の悪い笑みを浮かべ去って行った。

俺はため息をつき、肩をすくめる。

……くそ。なんか最後に負けた気分だ。

ちょっとした敗北感を感じていると、入り口のところからひょこっと顔を出して、来栖がやってきた。

いつも通り十七時ジャスト。約束の時間通りである。

「よ、来栖」

俺が挨拶すると、来栖は慣れた手つきで【こんにちは】と書かれた画面を表示し会釈をしてきた。

そして、真っ白な画面に変えると今度は言いたいことを書き始める。

【仲良し（仲良さそうに話してた。羨ましいの……）】

「うーん。まぁそこそこね。って、来栖はいつから来てたの？」

【少し前】

「なるほど……」

ってことは、先生が言った冗談を聞いてるよな？

来栖は馬鹿真面目で頭が固くて融通が利かないところがあるからなぁ。

変に真に受けられたら困るんだが――

【お菓子な木とは？（……チョコとかたくさんだといいな）】

「あーうん……。飴《あめ》とかチョコとかたくさんなってるんじゃないかな……」

【欲しい（……食べ過ぎたら太りそう）】

「ソウダネー……はは」

俺は笑って誤魔化した。

なんだろう。勘違いされて誤解は生まなかったけど、子供を騙したような罪悪感が……。

いや、普段の来栖を見ていれば先生が言うような発想にはならないっていうのは、わかっているけど。無知で無垢《むく》って、心配しか生まないんだな。

【会話の進歩（前よりは、早くなったと思うの）】

「おう。前の、単語で端的に行き過ぎてた時よりはいい感じだよ。後は少しでも迷わずに、身振り手振りを合わせられるといいな。でも、進歩はしてるよ。確実にね」

（良かった……）

彼女はホッとしたようで、ふぅと息を吐く。

それから気合を入れたのか、拳をぎゅっと握ってみせた。

……少しだけだけど、よくはなったかな？

来栖は俺と練習するようになって、ある程度のテンプレ台詞《せりふ》を先に用意しとくようになっていた。

【はい】や【いいえ】などよく使う言葉限定ではあるけど、それを始めてからやりとりが前よりもスムーズになっている。

今までは声を掛けられた後に一生懸命書いていたから、どうしても返答にラグがあった。早く返答しなきゃとなると、言葉短く〝了承〟とかを使いがちで意味が伝わりにくい時もある。会話を成立させたい来栖の気持ちはわかるから、話すようになってからアドバイスをするようにしていた。

それは簡単なもので、『よく使うのは先に用意しておく』、『ジェスチャーも入れる』ってだけ。

そんな俺の提案を彼女は、素直に受け入れて練習している。始めたばかりで、まだまだぎこちなさはあるけど……。

来栖は素直で本当に一生懸命で、だから応援して手伝いたくはなる。

だが、そんな彼女に俺は一つ困ったことがあった。

【師匠、お願い（頑張って練習……えいえいおー。……えへへ）】

と、まぁこんな風に簡単に俺を受け入れ過ぎなのだ。

裏がなく本当に頼ってきていることがわかるから、力にはなりたいと思っている。

だがしかし、あまりにも俺に対して傾倒し過ぎなんだよなぁ。

入れ込み過ぎっていうか、依存的というか……信じるのが早すぎる。

建前ではなく本音とわかってしまうから、今日も俺への可愛《かわい》い直接攻撃は健在となっていた。

でも、よく考えたら、どうしてここまで俺が言ったことを素直に聞くんだろう⁇

うーん……わからないから聞いてみるか。言わなくても、俺なら考えがわかるし。

「練習を始める前に来栖に聞きたいことがあるんだけどいい⁇」

（……聞きたいことがあるの？　珍しいから聞いて欲しい）

来栖は、どんどん聞いてと言いたげに何度も頷《うなず》いた。

俺の手を握り、目を輝かせている。

……そんなに聞いて欲しかったのか。

「ずっと疑問に思ってたんだけどさ。来栖って、素直過ぎないか？」

【ダメ？】

「いや、全てがダメではないけど。流石《さすが》に何でも受け入れ過ぎかなぁって。だって疑問に思わない？　練習をしてて『こんなことして何になるんだろう？』とか、『意味ないだろ！』ってならないのか？」

【いいえ（……教えてもらってから、前よりもいいの。クラスでも初めてちゃんと返事が出来た。だから、成果は出ているよ）】

「そうか……まぁ成果があるなら俺としては嬉《うれ》しいけど。もう少し、疑ってかかるような見方をしてもいいと思うんだよ。人って裏があるし、多少は違った考えを持ち合わせていた方がいいって」

【必要ない】

「えー……」

言ったことをすぐに否定され、苦笑するしかなかった。

手伝っている自分が言うのもなんだが、俺の言っていることを百パーセント受け入れる必要はないと思っている。

人との接し方なんて正解はないから、言われたことの中から納得して自分に落とし込める内容だけを実践すればいい。

理解出来ないこと、自分では表現出来ないことを無理にやるのは違和感しかないし、そういった行動は逆に人を不快にさせてしまうことがほとんどだ。

それなのに来栖は教えたことを全て練習しようとしてしまうので、最近は来栖のコミュニケーションがマシになるような分かりやすいものだけにしている。

まだ話すようになって、そんなに日が経《た》っていないのに信用し過ぎだし、素直過ぎて心配になるわ……。

だから、今みたいな忠告をしたのに……。

俺は来栖の顔をチラリと見る。

彼女は目を輝かせ、俺の話を今か今かと待っていた。

——今日も眩《まぶ》しいな、ったく。

こっちの気も知らないで。

「来栖は、俺みたいな急に話すようになった男を信用していいのか？」

【うん】

「すげぇ力強く頷いたな……。だけど普通はもう少し疑った方がいいよ。男なんて下心の塊だし、来栖みたいな素直で騙《だま》されやすそうなタイプは、隙だらけで心配になるわ」

【問題ない（鏑木君は悪い人じゃない）】

「いやいや、大丈夫じゃないって。たかだか少し関わっただけだろ？　流石に早くないか？」

【問題ない（……みんな仲良くなるの早いから、これも普通）】

「それは友達っていうか……いや、何でもない。まぁ確かにその通りか……」

まぁ来栖の言うこともわかる。

会ったらすぐに『イェーイ』とか言って、フレンドリーさを醸し出す人もいるしね。

その心の裏では、自分と相手の温度差や『このノリで大丈夫かな？』って不安を抱えていたり、『このグループにいればひとまず安心！』と立ち位置を気にしてたりと……みんなが何かを思いながら接してるんだよな。

だから、来栖が見てる光景は〝腹の探り合い現場〟でしかない。

でも来栖にとっては、そうやってすぐに仲良く話すことが出来ることに憧れているんだろう。

けど、今の話はあくまで同性での初対面の話なんだけど……。

来栖は見た目がいいから、異性には気をつけて欲しいよな。

そんなことを考えていたから俺は険しい表情をしていたのだろう。

来栖が心配して僅かに表情を曇らせた。

「大丈夫大丈夫。とりあえずは気をつけてくれ、色々と」

【善処する】

「それは、やらない時の断り文句だ。来栖は目を惹《ひ》く見た目をしているんだから、もう少し危機感をだな……」

【待って（急いで書かなきゃ）】

「うん？」

来栖はタブレットに急いで文字を書いている。

単語だけじゃ伝えられないと思ったのだろう。

【私は喋《しゃべ》らない。だから、こんな面倒な人に関わって、何度も接してくれるのはよほど優しい人しかいないよ。所謂《いわゆる》、地雷女らしい（他にも、人形みたいとか。怖いとか、何されるかわからないとか……言われたなぁ……）】

来栖は自分の顔を隠しながら、タブレットの画面を見せてきた。

思ったより色々なことを言われてきたのか……。

そう考えると、よくめげずに頑張っているよ。

でもさ――

「自分で『地雷女』って……言っていて悲しくないか、それ」

（たしかに……）

来栖は目を丸くして、それから頭を抱えた。

自分が地雷だと改めて感じて、悲しくなったのだろう。

けど、すぐに持ち直した来栖は、俺に再び画面を見せてきた。

【鏑木君は優しい人ってわかる】

「そうでもないんだけどな」

（絶対に優しい）

ぐいっと近づいてくる彼女に俺はたじろいだ。

普段、受け流すことがうまい俺なのに、どうしてこう上手《うま》くいかないのだろうか。教えてる側なのに、なんか色々と練習させられた気分になるのは、精神を強制的に鍛えられているからかもしれない。

俺はため息をつき、肩をすくめた。

「……仕方ないなぁ。じゃあ、今日も早速笑顔の特訓といくか！　来栖の苦手な表情作りをしていこう」

【うん】

「口角をあげて自然と笑う練習なんだけど、『ウイスキー大好き』って順番で口を動かして。『い』の音で口元を作るから笑顔の練習になるよ」

（ういすきー……）

「そうそう。そんな感じで、ゆっくりな」

（だいすき……）

彼女の笑顔を作るために始めたこの練習。

これは毎日やってることで、俺にとっては見慣れてきた筈《はず》である。

だけど、彼女の作った笑顔は今までの中で一番輝いてみえた。

【どう？（……上手くできた……かな？）】

「お、おう。この練習だけはどんどん上手くなるな。その笑顔が……いつも出来れば完璧だと思うよ」

【嬉しい（……えへへ……褒められた）】

彼女の心の声を聞いて、火照り始めた頰《ほお》を手で扇《あお》いだ。

隙だらけで、素直な来栖。

相変わらず彼女との練習は本当に……心臓に悪い。

第三章

喋らない彼女と近づく距離

「発情期を迎えた動物って厄介だよね。所構わず盛っているんだから」

昼休み。前の席に座るクラスメイトの神林慎太郎《かんばやししんたろう》がそんなことを言い出した。

窓から外を恨めしそうに眺め、彼の長めの髪が風でなびいて目にかかると鬱陶しそうに払いのける。

それから大きなため息をつき、また外を眺め風が吹くとまた目にかかる……というのを繰り返していた。

そんな彼の視線の先が気になり目を向けると、ひと組のカップルがお弁当を食べさせあってるところだった。

「ハハハ……仲睦《なかむつ》まじいなぁ～、平和でいいね。うんうん」

俺が神林の言ったことを流そうとすると、彼は窓の縁に寄り掛かり腕を乗せた。

空をぼけーっと見上げ、再びため息をつく。

（律《りつ》だったら、スルーする素振りを見せながらも僕の話に乗ってくれると思うんだけど。

どうかな～？）

って、心の中でめっちゃ期待してるな……。

俺の顔を何度もチラ見するし……はぁ、仕方ない。

「神林……そんなにため息をついてどうした？」

「僕は思うんだ。どうして世の中、不平等なんだろうって」

「悟りを開いたような口調だなぁ。でも世の中、そんなもんだって」

「まぁね。でも気になるんだよ。春が近づいてきたせいか、最近やたらと増えたんだよ。どこに行っても目につくし、目に毒で涙が出てきてしまう」

「あ～花粉は辛《つら》いよな。わかるわかるー」

「はぁ棒読みで何言ってんのさ。カップルだよ、カップル。どこもかしこもカップルだらけで、大カップル時代が到来って感じ。普段はセンチメンタルにならない僕でも、何度も告白現場や男女のイチャつきを見ていれば嫌でも意識が持ってかれるんだよ」

鬱陶しそうに言いながらもどこか羨ましそうで、寂しそうな顔をした。

端整な顔が曇り、影がある感じは女子に魅力的に映るのだろう。

神林を見て、何名かの女子が心の中でカッコイイと呟《つぶや》いていた。

「自分も当事者になれば、人前でイチャつくカップルの気持ちがわかるんじゃないか？神林なら行動を起こせばいけると思うけど」

「ハハ、無理無理。律も知ってるよね。この学校には僕の好みはいないって。好きなのは大人のお姉さん。十代とかノットストライクだよ」

「あーそうだったなぁ」

神林の見てくれは悪くない。モテるかモテないかで言ったら、モテる方だろう。

だけど、彼はどうしようもなく年上好きで自分より一回りぐらい上が好みだとか。

なんでも、神林には妹が四人いて常に甘えられる生活を強いられてきたそうで、年上好きになったのも『甘える存在を欲した結果』ってことらしい。

そのせいで、近い年齢からの告白はことごとく断っていて未《いま》だに彼女が出来たことがないとのことだ。

見た目がいいだけに、ちょっと残念な奴《やつ》である。

神林は「あ」と思い出したような声を出し、手をポンと叩《たた》いた。

「でも、この学校にひとりだけいたよ。大人でカッコいい抱擁力のある人」

「え、いたか⁇　そんな人……」

「ほら、望月《もちづき》先生って素敵だよね」

「……え」

「どうしたんだい？　『正気かこいつ？』みたいな目を僕に向けてきて。律が一番仲がいいんだから、先生の魅力も理解しているんじゃないかなって思うけど」

「魅力……傍若無人《ぼうじゃくぶじん》で内弁慶なところとか」

「それは魅力というよりは欠点だと思うよ？」

神林はくすりと笑う。

俺の言ったことが冗談だと思ったみたいだ。

俺が首を傾《かし》げると、彼はコホンと咳払《せきばら》いをする。

「いいかい？　望月先生にはまず大人の女性としての魅力は十分にあるし、なんと言っても立ち振る舞いからのカッコ良さは申し分ないよ。理想の女性と言っても過言ではないね」

「理想ねー。けど、先生だからなぁ。ひっくり返ってもそういう対象にはならなくない？」

「ふふ甘いね。先生と生徒の禁断の恋というのは、外聞も含め問題だらけではあるけれど、障害が大きいものほど人は燃えるものなんだよ。禁止されたら逆らいたくなる気持ちってあるだろう⁉︎　きつければきついだけ、乗り越えた時の快感がすさまじいものだから。人間、誘惑には勝てないものだよ」

表裏のないさわやかな笑顔で神林はそう言った。

多少、軽口的なものも含まれるが、心の中で『本当にアリなんじゃないかな？』と思っているのを知ってしまうとなんだか心配になってくる。

……本気にならないように言っておかないとなぁ。

「それはそうと、律はそろそろ新しい彼女が欲しいと思わないのかい？　この雰囲気に乗じるというのも一つの手だよ⁇」

「新しいってお前なぁ。俺は今の生活で満足してるから、特にないよ」

「そっか。律は相変わらず彼女と仲が良いようでこのイベントに関係はないみたいだね」

「まぁ自分の中で夢中になれることがあれば変わるかもしれないけど。古今東西、恋愛はトラブルしか生まないからな。特に今はバレンタインが終わって、浮足立って焦ってる人が多いし、中には恋人がいるのに他に目移りするぐらい気移りしやすくなっていたりするから、要注意だよ」

「僕としては、律がトラブルに一番巻き込まれそうだから心配だよ」

「ははっ。大丈夫大丈夫。危機回避能力は高い方だから」

「そうかい？　火中の栗《くり》を拾うのが君だと思っていたけど。律はトラブルホイホイだしね」

「勝手に舞い込んでくるから仕方ないだろー」

「自分に関係ないって。知らぬ存ぜぬを通せばいいんじゃない？」

「まぁね。でもなんかそれって気持ち悪いじゃん？」

普通だったら見逃してしまうことでも、俺には心からの叫びが聞こえてしまう。

主張が強ければ強いほど、大声で助けを求めるように聞こえてくる。

声がする方を見てしまえば、認識もするわけで……。

そうなると立ち去るに立ち去れなくなってしまう。

困ってる人を無視することへの罪悪感。分かっているのに知らないフリをする気持ち悪さ。

図太く生きれれば気にしないのかもしれないけど、俺の体はどうもめんどくさくできているらしい。

気持ち悪さをなくすために行動していたら、今のような評価になっていた……ただそれだけである。

「しない善より、する偽善でいいんだよ。所詮は自己満足ってことで」

「はぁ。律がいいなら僕はこれ以上言わないけど」

「まぁほどほどに気を付けるよ」

「気苦労だらけで胃に穴が空いても知らないからねー」

神林は、呆《あき》れたように小さく肩をすくめる。

そんな彼の態度に俺は「ハハハ」と笑って返した。

「なぁ俺も話に交ぜろよっ！」と、声が後ろから聞こえ、背中にずっしりと重みが加わる。

俺が振り返ると、そこには浅黒い肌をした短髪のいかにもスポーツマン然とした男――川口潤《かわぐちじゅん》が立っていた。

川口と目が合うと、小学校を出たばかりの少年のような無邪気な笑顔を向けてくる。

「重いぞー」

「おっと、すまんすまん。イケメンにあやかろうと思って、つい乗っかっちまったわ」

「物理的に乗ってどうするんだよ」

「アハハッ!! わりぃわりぃ〜!」

長身で筋肉質なイケメンだが、性格が何と言っても子供っぽい。

黙っていれば硬派に見えるのに、口を開けば少年のような無邪気さがあった。

そんな見た目とのギャップが女子にウケていて、人気があるようだが……当の本人は部活一筋なので告白は全て断っているそうだ。

「ぐっさん遅かったね。遅すぎてもう昼が終わるかと思ってたよ」

「いやぁちょっと先生に呼び出されててなっ。けど、もう万事解決したぜ」

親指をグッと立て、爽やかな笑みを浮かべる。

「解決したなら良かったよ。またテストの結果が振るわなかったのかな?」

「おう。追試が決定したぜ」

「え。明るく言うことなのかなそれ?」

神林は呆《あき》れた顔をしてため息混じりにそう言った。

そんな態度を向けられたのに、川口は全く気にすることもなくあっけらかんとしている。

「ハハッ! だってよ。チャンスが残っただけ儲《もう》けもんだと思わないか〜?」

「うん? チャンスってことはまだ留年の可能性は残ってるってことじゃないか?」

「大丈夫大丈夫！　俺にはすげぇリーサルウェポンがあるから」

「へー。川口にそんなのがあるなんて知らなかった。部活で忙しそうだし、家庭教師でも雇ったのか？　まぁ頑張れよ」

俺がそう言うと、川口は絶望に満ちた表情をして見つめてくる。

「…………（嘘《うそ》……だろ？）」

顔を逸《そ》らすと、肩をがっしりと摑《つか》んできた。

「俺に勉強を教えてくれぇぇぇぇ〜っ!!　追試で合格しないと留年なんだよ。スポーツで好成績だから問題ないと思ってたんだが、ダメって言われちまったんだっ!!　一生のお願いだよ律〜〜〜っ!!!」

「あー揺らすな揺らすな……。ってか一生のお願いは何回あるんだよ」

「お前だけが頼りなんだよ。りつえもん、俺を助けてくれ〜」

「誰が猫型ロボットだ。頼み込めばやってくれるという魂胆が見え透いてるからな？」

「あ、バレた？」

「律じゃなくてもわかるよね。僕としては見飽きたよー。芸人として頑張って欲しいね」

「うーん。もう少し頼み方にバリエーションが欲しいよな。これじゃなんか拍子抜け」

「二人して辛辣！」

俺と神林は顔を見合わせ、ため息をつく。

その様子を他のクラスメイトはくすくすと笑いながら見ていた。

最早《もはや》恒例となり、この後の流れが分かっているのだろう。

俺も分かっているから悪ノリだよね、これ。

川口は諦めたのか、肩を落とし事前に用意してきたのだろう食券を財布から出した。

「……学食のラーメン。チャーシュー盛々……替え玉つきでどうだ？」

「え、味玉はなし？」

「く……俺の今月のお小遣いが……」

「ふふ。ぐっさんは今月はもやしで我慢になりそうだね」

「ちくしょう今月はダイエットだ!!!!」

「毎度あり。じゃあ責任を持って教えるよ」

「助かるぜ律～!!　んじゃ、この問題も解決したも同然だしよ。飯にしようぜ～！」

「切り替え早いな、おい」

俺のツッコミに少年のような笑みで返してくる。

まだテストが終わっていないのに、もう解決した気でいるようだ。

まぁガッツがあって頑張るからな。

自分でやらないだけで、飲み込みは早いし何とかなるだろう。

「またいいのかな？」

「いいよ、別に。もう慣れたよ」

「そうなのかい？　けど、君の勉強もあるのに……学年一位をとるのも楽じゃないんだろう？」

「問題ないよ。勉強は日々の積み重ねで問題ないし、教えるのも勉強になるよ。それにたまには賑《にぎ》やかにやるのも悪くないからさ」

「そっか……」

神林は呆れたように肩をすくめ、ため息をつく。

「じゃあ僕も参加しようかな。律の教え方って分かりやすいしね」

「いや、ちょっと待て。流石《さすが》に一人増えたら話が――」

「じゃあ、私も参加しようかな。この流れに便乗して」

「おい、霧《きり》……崎《さき》？」

神林と丁度やって来た霧崎が話に乗っかってきた。

悪ノリに便乗。よくある仲間内のやりとり。

こんな馬鹿な瞬間が楽しかったりする。

だが、それはあくまで俺たちの中だけであって、周囲はそうではない。騒いでいる人たちや、楽しそうにしている人たちの傍らには、必ず負の感情が生まれたりする。

「またやってるよ」

「ねー、楽しそう」

そんな俺たちを見て、クラスメイトから向けられる視線。

言葉ではただ羨ましがっているけど、内心では『ウザい』とか嫉妬の感情が芽吹いている。

でも、言葉にする勇気がないから心に秘めるしかないのだろう。

気にする必要はないと割り切ればいいが、溜《た》め込み過ぎて爆発……なんて面倒な流れになる可能性もある。

感情はある種の生き物で、頭で理解していても行動が出来ないのはよくある話。

何気ない彼女の心の動きだけど、後々に尾を引くことになるかもしれない。

だから――

「良かったら勉強会に参加しない？」

と、話しかけた。

まさか話しかけられると思っていなかったのだろう。彼女たちは、びくっとしてそれから「あたしらはいいよ」と苦笑いして答えてきた。

「そっか……。じゃあまた機会があったら来てよ。めっちゃ待ってるからさ」

俺はにこりと笑いながら、なるべく明るい雰囲気で話す。

軽薄な男が他も誘っている。そんな感じで思ってくれればいい。

「アハハッ！　なにそれ〜。でも、ありがとねー」

俺がわざとらしく脇が空いているとジェスチャーをすると、彼女たちは可笑《おか》しそうに笑った。

誘って断られる。見てる人からしたら、少し滑稽に思えるかもしれない。

けど、今みたいな行動の積み重ねで『鏑木《かぶらぎ》は優しくて、誰に対してもオープン』って思えてもらったら大成功だ。

言い方を悪くすれば八方美人だけど、ヘイト感情が俺に向いてくれればトラブルも起きない。

だって——俺だったら回避出来るから。

これで参加するなら別に構わない。

上手《うま》く調和が出来ればより良いクラス。過ごしやすい環境になるから……。

そう考えると、つくづく人の心の動きって面倒だなって思うよ。

俺は他にもクラスメイトに声を掛けて、一通り話し終えてからいつもの定位置に戻った。

「律、他に参加したいって人はいたのかい？」

「いや、いなかったよ……うん？」

スマホが振動していて、俺は届いたメッセージを見る。

そこには霧崎から『お疲れ』と届いていた。

……あーバレてんな、これ。

チラリと彼女を見ると、こちらを向かずに外を見ていた。

俺はため息をつき、弁当を食べ始めている川口の肩に手を置く。

「とりあえず、今度の勉強会は近いうちにやろうか。川口は一日じゃ足りないから追試日まで、毎日やるから」

「え、毎日かよ⁉」

「当たり前だ。寧《むし》ろ毎日やってもギリギリだと思うよ。やるからには徹底的にやる」

「マジかよぉぉぉぉ～」

川口は頭を抱えて蹲《うずくま》るが、内心では『頑張るぜ‼』と息巻いていた。

盛り上げるためにオーバーなリアクションをとっているのが面白くて、思わず笑ってしまう。

さて……これから来栖《くるす》との練習に勉強会か。

来栖を勉強会に参加させるのもアリか？

そんなことを考えながら、遅めの昼飯をとろうと弁当箱を開けた。

ちなみに今日は、唐揚げ弁当である。

「お～相変わらず律のお弁当は美味《おい》しそうだね。よくこんなにバリエーションが作れるよ」

「んんんっ（マジですげぇよな！　金払ってでも作ってもらいたいぜ）」

「口に物を入れながら喋《しゃべ》るなって」

頬張《ほおば》ってる姿がどこぞの齧歯類《げっしるい》にしか見えないな。

でもそれでもカッコよく見えてしまうのは不思議だ。

「あ〜。りっくんのお弁当美味しそう〜！」

そう言っていつの間にか俺の横で物欲しそうな視線を送るのは、クラスメイトの松井胡桃《まついくるみ》だった。

背の小さい彼女はまるで小動物みたいで、机の横でしゃがみ込み弁当をじっと見ている。

「唐揚げでも食べる？」

「いいの⁉」

「ひとつだけだぞ」

「やったぁ〜っ！」

松井の口に唐揚げを入れてあげると、「ありふぁとう（ありがとう‼）」と言ってぴょこぴょこと跳ねながら喜んでいた。

食べながら至福と言わんばかりの蕩《とろ》けた顔をしていて、ひとつだけと言ったのに足りないと言いたげな目を向けてきている。

「えーっと……もう少し食べるか？」

「でも……」

「気にしないでいいから。好きに食べてくれ」

「食べるっ!!」

目を輝かせて、俺のお弁当を美味しそうに頬張った。

あまりにも美味しそうに食べるから、こちらもなんだか満足である。

「あ……りっくん。ごめんねぇ」

申し訳なさそうな顔をして松井はお弁当を差し出す。

気がついたら俺の唐揚げは残り一つだけになっていた。

「別にいいよ。下味に拘《こだわ》ってみた唐揚げなんだけど美味しかったか？」

「うんっ！　また食べたいなぁ～」

「また作ってくるよ。ただ、食べ過ぎて太っても知らないからな？」

「太らない体質だからだいじょーぶい！」

無邪気な子供のような笑顔を見ていると、怒る気にもならない。

寧ろ、美味しそうに食べてもらえるのは、冥利に尽きるってもんだ……けど、流石に腹が減るな。まぁ後で適当に買えばいいか。

俺はそう思い、とりあえずニコニコと笑みを浮かべ、みんなが食べている様子を眺めた。

「馬鹿じゃないのー。こうなることぐらい予想しなって」

霧崎が机に腰掛け、俺の頭に何かを載せてくる。

くしゃというビニールの音が聞こえ、載っけられた物を手に取って確認すると。俺の好きな菓子パンがあった。

「ありがと霧崎」

「いえいえー。まぁ誰かさんがお腹《なか》を空《す》かせて倒れたら困るからね。私のお節介ってことで」

「お節介助かるわ。けど、金は払うよ。何円だった⁉」

「有難《ありがた》く受け取ってよ。理由が欲しいなら、試験勉強に付き合ってくれたお礼ってことで」

「……そっか。サンキューな」

相変わらず心の声は聞こえないが、本心をそのまま口にしているようだ。

俺は有難く受け取り、菓子パンをちぎって口に入れた。

「でも律ってほんと料理上手だよね。みんなも律のお弁当を食べたがるぐらいだし、どこで習ったの？」

「あーうん。習ったっていうか……せざるを得なかったというか……」

「何、それ⁉」

「なんて言うか、単純に死活問題だったんだよ。自炊できないと暗黒物質的な何かが飯になるから……。あ〜思い出しただけで寒気がするわ……うえぇ」

「うわー。なんかご愁傷様」

やめてくれ、可哀想《かわいそう》な人を見る目で手を合わせられると辛《つら》くなるわ。

別に今では作ることは嫌いじゃないし。

「毎日、お弁当って大変じゃない？」

「習慣化してるから別にって感じかな？　そんなこと言ったら、霧崎も作ってきてるだろ」

「私はたまに。律みたいに上手くはないって」

「そうか？　俺からしたら、上達してる気がするけどなぁ。練習してるんだろ？」

「……褒めても何も出ませんよー」

「素直じゃないな～」

普段は心の声が聞こえない霧崎だが、こうやってたまに俺が褒めると聞こえてくる時があった。

ちなみに今は『褒めるな、馬鹿』と心の中で悪態をついている。

それがなんだかおかしくて笑うと、ふんと鼻を鳴らして不機嫌そうに頬杖《ほおづえ》をついた。

「あれ？　私という存在がありながら他の方へ浮気ですか？」

「雛森《ひなもり》、遅かったな。もう昼休みも終わるよ」

「仕方ないですよ。私は生徒会の仕事がありましたからね」

「大変そうだな。この時期は新入生歓迎会に向けてってところか？」

「その通りです。私を知っていただきたいですから、張り切って準備をしていますよ（いかに私の素晴らしさを伝えるかが重要ですからね。新入生の何人もが夢中になってしまうと思うと……ああ、つくづく罪な女です）」

「……相変わらず謎のことをしてんな」

内心は残念なのが雛森だけど、自分を良く見せるための努力は惜しまないんだよなぁ。

内面が分からなければ、ポンコツ感が出てることなんてわからないし。

「それはそうと鏑木さん。私へのお弁当はないのですか？」

「ん？　欲しかったのか？」

「べ別に欲しいってわけではないですけど。以前食べたのが美味しくて、また食べたいなんて微塵《みじん》も思ってないです」

「ふーん……」

「ただ、鏑木さんが私に食べて欲しそ〜な顔をしていたので、声を掛けたんですよ」

「アハハ！　ひなっち、それだとツンデレさんみたいだよぉ〜〜？」

「お、お黙り！」

動揺したのか安っぽい悪役令嬢みたいな声を出した。

それを見た松井は「にしし！」と無邪気に笑い、焦って訂正する雛森の頬を突《つっ》く。

顔を赤らめた雛森は、手をぶんぶんと振り必死に否定していた。

（あ〜どうして！　上手く行かないんですか〜っ!!）

そんな彼女の心の叫びを聞いて、俺は苦笑した。

「律、今日もなんか楽しそうね」

「まぁな」

いつも連《つる》んでいる面子《メンツ》は、今日もつつがなくいつも通りで明るい集団だ。

周りから向けられる気持ちは、羨望や嫉妬のようなものが多いが、それを気にしてはいない。

素直に話せる間柄。だから、いつも通り。

一緒にいて疲れないクラスメイトたちだ。

◇◇◇

「話しかけるだけではなく、話しかけられる魅力的な人物を目指す必要がある」

俺は来栖と話す今日のテーマを言い、ホワイトボードに『興味を惹《ひ》く』と書いた。

来栖は待ってましたと目を輝かせパチパチと手を叩《たた》き、チョコを鞄《かばん》から出すと俺に手渡して席に着いた。

(……食べてくれたら嬉《うれ》しい)

少し照れたような素振りで渡してくる。

まるで毎日がバレンタインなんじゃないかと錯覚してしまいそうだ。

まぁ最早《もはや》、日課となったこのやりとりは最初にあったような妙な緊張はなくスムーズになっている。来栖も少しずつではあるが会話に慣れてきたようで、考え込んで止まることが減ってきたのはかなりの進歩だと思う。

「じゃあ、早速だけど。今日は話しかけてもらうキッカケ作りについて考えていこうと思う」

【気合十分（今日も一緒。神様、仏様、鏑木様……って言ってみたり）】

来栖はいつも通りの無表情で、そんな言葉を書いて見せてくる。

表情からは伝わらないがどうやら今日も絶好調のようで、心の中では相変わらず可愛《かわい》らしいことを言っていた。

毎度のことながら、俺へのピンポイント無自覚攻撃に余念がない。

まぁ、まさか聞かれているなんて思ってもいないから仕方ないけど。

理解していてもそういう素直な気持ちを向けられるのに慣れていないんだよな……。

そんなことを考えていると、来栖は他のチョコを持ってきて目の前に置いた。

（……季節限定のトリュフチョコ。美味《おい》しいよ？）

「さんきゅ。助かるよ」

貰《もら》ったチョコを口に放り込む。

ほのかに広がる優しい甘さを噛《か》みしめ、ふぅと息を吐いた。

……甘いのを食べると落ち着くな。

一種の現実逃避かもしれないけど、ああダメか。

話しかけないと、『鏑木君がチョコ食べて幸せそうな顔してる可愛い』みたいな思考が俺へ伝わってきてしまう。

俺がチョコの余韻に浸るのをやめ来栖を見ると、彼女は肩をツンと突きタブレットを目の前に出した。

「うん？」

【自分からは？（……待ってるだけじゃダメな気がするの）】

「来栖が言うように、積極的な行動は確かに重要だよ。でも、簡単に話しかけることが出来るなら苦労しない」

【練習（……攻めの姿勢）】

「言わんとしてることはわかる。けど、考えてみなよ。自分から行って成功する場合、少なからず相手もこちらに興味を持っていないと上手《うま》くいかないんだ。だから第一印象がかなり重要なんだけど……まず、自分から行くと来栖は固まっちゃうんじゃないか？」

（……あ）

「そういうこと。思い返すと心当たりがあるだろ。それにほら、来栖って話す内容を考えている時、めっちゃ顔が強張《こわば》るから、あれだと睨《にら》まれたと勘違いされるんだよ。相手からしたら『絡まれた怖い⁉』って思うこともあるかもしれない」

（……反論できない。第一印象も最悪……）

来栖が肩を落として落ち込んでしまったので、俺はまぁまぁと言いながら慰める。

……まぁ心当たりしかないよな。けど、本人も分かっているだけ偉いよ。

こういうのは無自覚が一番厄介だから。

【どうすればいい？】

「自分から行くとダメなら、相手から来てもらうしかないよ。来た時に、自分から壁を張らない限りは基本的に上手くいくからね」

【壁？（……笑顔の練習は必要ない？）】

「ま、笑顔の練習とかはこれからもやるけど。相手から興味を持ってもらえるように材料を用意することも必要かなーと思って。学校でそういう相手を見つけるには、話題作りとか話を広げることとって重要だろ⁉」

来栖は納得したのか、こくこくと頷《うなず》く。

そして、俺が言ったことを直《す》ぐにノートへと書き写した。

……書くの早いな。

しかも殴り書きじゃなくて、綺麗《きれい》にまとまってるし。

喋《しゃべ》らないこと以外は、スペック高いよなぁ来栖って。

俺が驚いていると、来栖が急《せ》かすように腕を突いてきて話の続きを促してきた。

【興味を？　（……自己紹介？　お見合い？）】

「そうだな。例えばの話だけど、来栖のクラスに自分と同じ羊毛フェルトを趣味にしている人がいたらどうする？」

（……どんなの作ってるか気になる。話しかけて色々と聞きたい。出来れば、自分の作った物と交換……夢が膨らむ）

「おお、めっちゃ真剣な目。そうそう同じ趣味を見つけると、つい話しかけたくなったり目で追ってしまうものなんだよ。ゲームや漫画、趣味はなんだっていいんだ。共通の仲間を見つけて群がるのは、動物的な本能だからね」

来栖は俺の言ったことを理解したのか頷き、想像を膨らませたのか目を輝かせていた。

そんな期待されると話し辛い……。

これから残念な事実を伝えるのに。気分を上げて落とすみたいなことになるから、これじゃあ来栖を弄んでるようになるじゃないか。

俺は罪悪感を感じつつ、期待に胸を膨らませた来栖へ話を続けることにした。

「えーっと来栖。気を落とさずに聞いて欲しいんだけど」

（……？　凄《すご》く申し訳なさそうな顔）

「趣味っていうのは多種多様でコアなニーズも多いんだよ。残念なことに羊毛フェルトという趣味は、認知はされていても高校生で同じ趣味を持つ人は少ないと思う。少なくとも、俺が知る範囲では来栖以外いない」

（……これだけ可愛いのに、見たことない）

「不特定多数の興味を惹くには、万人受けするもんじゃないと厳しいのが現実なんだ」

（現実は残酷で非常……）

「けど、落ち込む必要なんてない！　趣味は新しく作ればいいだろ？」

【嘘《うそ》？（嘘は……ダメだと思う）】

「違う違う。確かに最初は俺に言われたから始めることになるだろうけど。やってゆく内に楽しくなって凝り始めるもんだって。そして気づいたら夢中になる。まぁつまり、日課となれば趣味になるって流れだな」

【コツコツ】

「そっ。と、言っても本当に合わないことはストレスしか溜《た》めないから、続けないけどな。今は、来栖の新しい趣味になりそうでウケが良いことを探そうって感じ」

【趣味はたくさん？】

「人と話す上で、話題は多くあった方がいいよ。その方が輪も広がるしね。ほら、趣味が複数あったらそれによって付き合う人を変えたりするだろ？　今日はゲーム仲間と遊ぶ日。明日は野球が好きな奴《やつ》とバッティングセンターに行く。みたいな」

【多趣味？】

「一般教養ぐらいだよ」

【流石《さすが》師匠（……どんな時も勉強を欠かさない。この姿勢を見習うの……）】

……打算的な行動を純粋に褒められると胸が痛い。

ま、俺の場合は人と話を合わせるために学んでるだけだから、趣味とは言えないんだよな。

例えば、先生からの印象を良くするために先生の興味があることを話したり……とかね。

これを来栖にやってというのは、直ぐには難しいだろうから伝えなくていいだろう。

「さて、じゃあ今から来栖の新しい趣味を考えるってことで」

【わくわく】

「どうだろう？　鉄板としては、美意識だったり女子力を身に付けるのがいいな。化粧、服、持ち物にこだわれば、注目されるよ」

【興味がない（鏑木君が言うなら絶対に用意しないと……）】

「いや、興味がないなら却下だ。ってか、俺の言うことに絶対はないからな？　あくまで一意見に留《とど》めておいて」

【ご謙遜を（……鏑木君に間違いはないよ？）】

「盲目的過ぎる……ま、とりあえず、前向きではないものは無しね」

実際、来栖がそういうお洒落《しゃれ》に興味を持ったら人が群がる気がするけど。表面的な可愛さでつられる人は多いだろうしね。

まぁでも、それは来栖が望むことではないか……。

今後も使えてみんなの目にも留《と》まりやすいとなると、

「そういえば来栖っていつも昼はどうしてるんだ？　弁当？」

【パン】

「いつも買ってるってことか。えーっと、料理とか興味ある？」

【ある（やったことないけど……それはやってみたい。焦がしてしまう……）】

興味はあるけど、苦手意識があるってことか。

そこは教えていけばどうにでもなるだろう。

「よしっ。決まりだな。可愛い弁当を持って行って親しみやすさを出す。これでいこう。作り方は俺が教えるよ」

【可愛い？（……キャラクターがたくさんなのかな？　難しそう）】

「想像の通り、型を使って作ったりもするよ。けど一番は手作りって分かるようにしたいかな。ほら、無口で喋らない何を考えているかわからない来栖が物凄く可愛い弁当を食べていたら気になると思わない？」

俺の提案に来栖は目を閉じ、考え始めた。

　黙ってはいても俺にはダダ漏れなわけで、彼女の頭の中で繰り広げられる可愛らしい妄想に俺は苦笑いをした。

　……タコさんウインナーやウサギの林檎《りんご》は子供っぽいけど、希望なら教えようかな？

　妄想から戻ってきた来栖は、姿勢を正しぺこりと頭を下げてきた。

（……理解。鏑木君の勧めだから今からでもやる）

「お、おう。俺の勧めでも、嫌な時はちゃんと断れよ？」

【上司の言うことは絶対】

「そんなことはないと思うぞ？　聞いた上で意見を言うことは重要だ」

【上司の命令の違反は死】

「ブラック過ぎんだろ……」

　これを冗談ではなく、そういう気合で言っているから不安になるよ。

　まぁ今に始まったことではないけど、気負い過ぎなんだよなぁ。

「ちなみにこれが俺が作った弁当の写真。クラスでは割と評判がいいよ」

【おいしそう（……鏑木君はなんでも出来て凄い）】

「ありがとう。来栖もすぐに出来るようになるよ」

【頑張る】

「そして弁当作りに慣れたら」

（慣れたら……ピクニック？）

「俺たちの面子《メンツ》と一緒に昼食だ……って来栖？」

来栖は外を向いて固まり動かなくなってしまった。

俺が彼女の前で手をかざし、「起きてるかぁー」と手を振ると、来栖は機械のようにガチガチな動きでこちらを向く。

【無理（キラキラとした人たちには憧れる……でも無理）】

「死なないって。色々な人に好かれたいなら、手始めにあいつらが一番取っ付きやすいと思うよ。俺が紹介すればいいし、来栖も大分やりとりがスムーズになってきたから問題ない」

俺の言ったことに来栖は顔をしかめて難しい表情をした。

悩んでるな。まぁでも仕方ない。

その気持ちは理解できる。

今まで、俺と先生ぐらいしかまともに話していないから、新しい関係に飛び込むことが怖くなることもあるだろう。

……でもそれは杞憂《きゆう》だ。

あいつらなら俺がいきなり来栖を連れてきても驚くことはあっても、拒絶はしないだろう。

精々、『律の彼女？』って、からかわれるぐらいだ。

実際問題、接してみて後は来栖が一緒にやっていけるかどうか、それ次第なだけ。

俺がキッカケを与えて、後は少しの勇気で来栖が一歩踏み出せばいい。

雛森とかいいんじゃないかな？

最初は演技で親しみやすさに溢《あふ》れてるだろうから無難だろう……うん？

俺があれこれ考えていると、来栖が袖を摑《つか》んできた。

彼女に視線を戻すと、頭を左右に振って【紹介はいらない】と見せてきた。

「いらないって……もしかして苦手な人がいたか？」

【いない（……おんぶに抱っこ。それだと意味がないの）】

「遠慮すんなよ。別に来栖と初対面だからって邪険にするような奴らじゃないし」

来栖は首を振る。

……心の中でも明確な拒絶しか聞こえてこない。

書いてる文面と声が一致している。

こんな風に頑《かたく》なな態度をとるとは予想してなかった……。

困惑する俺を尻目に彼女は、タブレットに一生懸命書く。

けど、あまりにも長いらしく途中で紙を取り出してからそっちに書き始めた。

【紹介は嬉《うれ》しい。でも、友達になるなら鏑木君の紹介じゃなくて自分から話しに行きたい。

弟子はいずれは巣立つもの。教えてもらったことが出来たよって、成長した姿を見てもらいたい】

真剣な目をして、俺を見つめてくる。

……強いな、ほんと。

──俺がなんとかしてみよう。

──舞台も用意しよう。

──上手《うま》く立ち回れば、簡単に解決が出来る。

そんなことを考えていたけど、それはただのエゴだったようだ。

彼女は俺から学んで、いずれは独り立ちを考えている。

任せきりにした方が楽なのに。そっちの方が容易なのに。

それを選ぼうとはしていない。

つくづく思うよ……。

真《ま》っ直《す》ぐで真面目で、邪《よこしま》なこともなく頑張り屋なところが──俺には眩《まぶ》し過ぎる。

肩の力が抜け、俺は苦笑した。

「来栖は……ほんと、真面目だなぁ」

【ダメ?】

「いやいや、全く駄目じゃないよ。ただ、第一印象を払拭して壁を取り払うのは楽じゃないからな？」

【練習する】

「失敗して、メンタルやられることもあるよ？」

【七転び八起き（……めげずに。独り立ち出来るようになりたいの）】

「ははっ。強い考えだなぁ」

人間、誰しも楽な方へ舵《かじ》を切りたがる。

それなのに来栖は、自ら大変な方を選択している。

俺から聞くのを卒業して独り立ち。

まさか、来栖から切り出されるとは思ってなかったなぁ。

いずれは俺も言うつもりではあった。

もう十分。そう思ったら彼女に伝え、手を引くって頭の中では決めていた。

だからこそ、彼女から言われた意思が嬉しくもあり……少しだけ寂しさを感じているんだと思う。

俺は彼女に微笑《ほほえ》みかけ親指をぐっと立てた。

「オッケー分かった。じゃあ、来栖の自信がついたら頑張ってみて。友達が出来たら紹介してよ」

【うん（……認めてもらうために。失敗しても再チャレンジ）】

「うっし。じゃあお弁当作りを教えるからな。次回からは家庭科室を借りるよ」
【師匠よろしくお願いします】
俺を師匠と慕う彼女の言葉。
後、何回……聞けるのだろう？
案外、聞かなくなるのは早いかもしれない。
今の彼女を見て、俺はそう思った。

◇◇◇

弁当作りの練習を始めて数日が経《た》ち、今日も試食をしていた。
そんな俺の口から出た言葉は、
「うまっ……」
これだった。
そう——結論から言えば、来栖の物覚えは恐ろしいぐらい早かったのだ。
対人関係は相変わらずな部分はあるが、料理に限って言えば飲み込みが早い。
元々、嫌いではないというのも大きいだろうが、本人の努力の賜物《たまもの》だろう。
指には絆創膏《ばんそうこう》が貼ってあり、野菜を千切りにする手際から相当練習したことが窺《うかが》えた。

素直で努力家って、ついつい手を貸したくなるよな。

教えたことに文句は言わないし、疑問に思ったことは直《す》ぐに聞いてきて。

生徒の鑑《かがみ》って感じだよ。

ただ一つ、欠点があるとするならば……相変わらず考えは固い。

今も俺の横で、

(「少々入れる」とはどのくらい？　少しというならグラム数を書くはず⁇　書けないということは……)

と、まぁこんな感じで料理本と睨《にら》めっこして止まることはある。

本人としては曖昧な部分が納得いかないらしく、ざっくりでいい部分で変に困っていた。

割り切ればいいのに、この前なんか『一口大に切る』で悩んでたもんな……。

『人によって口の大きさが違うなら、全てのサイズを作らないと！』みたいなことで定規を取り出してたりとか。

具体的に数字を決めないと毎回迷ってしまう頭の固さには困ってしまう。

現に今だって、

(つまり、量るのが難しい？　それならマイクロ電子天秤《てんびん》を持って来ないと……化学準備室に取りに行く)

「はーい。来栖。一旦、ストップだ」

【料理は戦争（料理は一分一秒を争う。時間経過で品質は低下。無駄にはできないの）】

「真剣すぎて怖いわって……まぁ落ち着け。どうせ『少々』って言葉で悩んでるんだろ」

【ノー（……バレてる？　ここは出来る子って見てもらいたいから……）】

「見栄《みえ》を張るなって。来栖のことだから、そこらへんで引っ掛かりそうだって分かってるし。その料理本然《しか》り、説明には『少々』って言葉を割かし見かけるからなぁ」

来栖は隠し事は出来ないと観念したのか、【ありがとう】と書いて恥ずかしそうにした。

「お礼はいいって。俺が好きでやっていることだから」

俺は手をひらつかせて彼女に答える。

まぁここで止まるのは予想してたんだよな。だから、最初は料理本に頼らずにしっかり数字を明記したメモを渡して練習していたわけだし。

けど、来栖のことだから教えていけば理解するだろう。

「とりあえず少々というのは、塩やコショウなら親指と人さし指でつまんだ量で０・２グラムぐらいを言うらしいぞ。液体系だったら二、三滴かな？」

（……０・２。やっぱり量らないと……料理は奥が深いね）

「えっと。とりあえずは〝少々〟って言われて毎回量るなよー？」

（……またバレてた。流石《さすが》は鏑木君）

「俺が言ったのはあくまで目安。上手くなりたいなら、どのぐらい入れたら美味《おい》しくなるのとか、自分の基準を見つけないとな」

【自信がない（目分量は難しい……）】

「ま、練習して自信をつけてこうよ。全てを毎回、量ると時間がとられるしさ」

【時間は気にしない。練習には時間がかかるもの】

「まぁな。でも、例えば来栖って字が綺麗《きれい》だけど『この角度で何センチ動かして筆圧は……』みたいなことを考えながら書かないだろ？　最初こそは気にしていたかもしれないけど、失敗を繰り返して、上手くなって、いつしか当たり前になる。そんな感じじゃなかったか？」

（……言われてみれば）

「一生懸命な努力は分かるけど。少しは柔軟にな？　どうしても数字がないと不安なら、やりやすいように工夫しよう」

【うん】

「これからも悩んだら相談な」

お弁当用の料理を続け、完成してから詰めてゆく。

女の子らしい小さなお弁当箱は次第に彩り豊かになっていった。

そして、作り始めて一時間。

ようやくお弁当は完成し、二人でそれを眺めながら感嘆の声を俺が漏らした。

「完成したな。うんうん、めっちゃいい出来栄えじゃないか⁉」

【師匠には及ばない（……褒められたの。嬉しい……。写真を撮りたい……でも、こんなところで喜んでいたら、『こんなことで喜ぶなんて甘い』って思われる？）】

「謙遜するなって。記念に写真でも撮ったら？」

俺の言葉に来栖は頷《うなず》き、スマホを取り出すと撮り始めた。

表情には表れていないが、心では成功を無邪気に喜ぶ子供のような感じなんだよなぁ。

その喜びの可愛《かわい》らしい声は、相変わらずボディーブローのように俺へ突き刺さった。

……こういうのを周りが知らないっていうのが本当に残念でならない。

知れば見る目も変わるのに。見た目の印象がいかに足枷《あしかせ》になってしまうかが、よくわかるよ。

だから、来栖の良さを他の人にも知ってもらうために、分かる俺がどうにかしないとな。

俺がそんなことを考えていると、

（あ、声が聞こえますねっ！　これは現場を押さえられそうですよ～。いくら鏑木さんが鋭い人でも生徒会が新年度に向けて忙しい時に、まさか私が来るなんて思わない筈《はず》です。ふっふっふ～。この為《ため》に仕事を頑張って終わらせましたからね！　その努力に見合う成果を手に入れてみせましょう）

……いや、なんだよ。その無駄な努力は。

突然聞こえた廊下の声に俺はため息をついた。

この本音と思惑がダダ漏れなのは雛森だよなぁ。

あいつ、心の声がデカ過ぎなんだよ……。

主張が強すぎて周りの声も掻《か》き消えるぐらいだし。

だから、俺にすぐバレるし、不意打ちにいつも失敗するんだよ。

俺からしたら『今から雛森が驚かしに行きますよ！』って宣言をしているようなものだしな……。

知ってるのにリアクションはむずいんだよ……それに負けた気がする。

俺はため息をつき、入り口の方を見た。

気づかれているなんて思ってもいないから、声が聞こえ続けている。

(ここに鏑木さんがいるのはわかってますよ〜。さてさて何を隠しているのか……ふふ、弱みを握って。あ、でも別に気になっているとか知りたいとかじゃないんですからねっ)

まぁ入ってくると対応が面倒ではあるけど……来栖が話すいい機会になるか？

そう考えれば寧《むし》ろプラスな気がしてきた。

雛森なら初対面でいきなり邪険にすることはないし、会話が上手くいけばこれから話す間柄になるかもしれない。

【何かあった？】

「……いや、クラスメイトが来たっぽくてね」

【大丈夫?】

「大丈夫だよ。ただまぁ……騒がしかったらごめんな」

【問題ない】

(さぁ深呼吸深呼吸。いっきにガラーッとドアを開けて『現行犯逮捕ですっ!!』って行きましょうか? いえ、『逢引《あいび》き禁止ですよ!?』の方がいいですかね……。うーん、どのリアクションを見るか悩みます!!)

なんの悩みなんだよ。てか、さっさと入ってきてくれ。

こっちは気づいてるんだからさ。

雛森のせいで来栖の声が全然聞こえないから、変な間ができるだろ……。

それに隠れているつもりかもしれないけど、ドアのガラスに影が映ってるからな?

「まぁ来栖、話しやすい相手だから緊張する必要はない——って、おい!?」

来栖は慌てて自分の荷物を鞄《かばん》に詰めると、調理台の下に潜り込んだ。

椅子を収納するスペースで、それは俺の足元である。

おいおい……隠れる必要なんてないのに、なんで隠れたんだよ。

全くやましいことはないのに、これだと逆効果だ。

ってか、こんな場所に隠れるなんて覗《のぞ》かれれば一発で分かる。

困ったな……。

狭いところだから仕方ないかもしれないんだけど。

来栖が座ってる下に俺の足先があるんだよ。

そのせいで柔らかい感触が伝わってきて……あ、くそ。足も動かし辛《づら》いじゃないか。

それに、なんでこんな微妙な位置に……？

足を動かすのも変態っぽいし、彼女の頭の位置も動かしでもしたら俺の股間にダイブしそうだ。

……しょうがない。

俺は上着を脱ぎ、来栖が見えないように上から被《かぶ》せることにした。

「浮気は女の敵ですよっ！　現行犯です！　……って、あれ⁇　鏑木さんお一人……ですか⁇」

「まぁな。ってか今、生徒会は忙しいだろ。こんなところで油を売っててていいのか？」

「私は優秀ですからね。問題ないんです」

「はいはい。それはよかったな。じゃあお疲れ。今日は帰ってゆっくり休むんだぞ。帰るまでが生徒会活動だからな」

「来て早々扱いが酷《ひど》くないですか⁉」

「俺の優しさだけど？」

雛森はぷぅと頬《ほお》を膨らませ不機嫌そうな顔をすると「せっかくだから話に付き合ってあげます」と言い、机を挟んで正面に座った。

よかった……これなら来栖は見えないか。

後は上手《うま》くやり過ごしたいが、

(おかしいですね。不意打ちで来ればいくら用心深い鏑木さんでもいけると思ったのですけど……。うーん。では、ここは揺さぶりをかけて探ってみるしかないようですね。ふふふ、それで私が弱味《よわみ》を握れば勝ったも同然ですっ‼)

こんなこと考えて居座る気満々なんだよな。

来栖が今から登場したら……。あー、ダメダメ。

絶対に面倒なことになって煩《うるさ》くなるわ。

「うーん。当てが外れましたね。今日こそ浮気現場を押さえられると思ったのですが……」

「想像力が豊かだな。勝手に浮気と決めるんじゃない」

「そうですか？　彼女がいるのに他の女性と一緒にいたら、それはもう浮気ですよ⁇」

「考えの相違だな。そこらへんは自由なんだよ。交友関係に口出しはしないんだ」

「へー……随分と心が広いんですね」

「誰かさんと違ってな」

「ちょっとどういうことですか⁉」

「話は済んだな。じゃあ雛森、また今度」

正面から肩を摑《つか》まれてぐらぐらと揺らされる。

足元にいる来栖からは『浮気現場？』と状況がよく分かっていない様子が伝わってきた。

「だからなんでそんなにすぐ帰そうとするんですか〜っ！　私、まだ来たばっかりですよ⁉　もう少し会話を楽しもうとは思わないんですか⁉⁉」

「楽しむって……いや、生徒会の集まりがあるだろ？　仕事途中に抜け出さずさ、生徒代表として働け働け」

「〜っ、そう言われると立つ瀬が……。でも、今日はやけに冷たいですよ？」

俺が冷たくあしらうと雛森は子供みたいに頰を膨らませて、いじけたような素振りを見せた。

しおらしく、つい守って構ってあげたくなるような仕草だが、

（へへーん。どうですかこの上目遣い!!　この完璧具合なら流石の鏑木さんも揺らぐ筈ですっ。絶対に負けませんよ〜。ぎゃふんと言わせてみせますから）

と、まぁ心の中は相変わらずなので俺は苦笑するしかなかった。

……声の通りだけど、これは意地張って中々帰らないやつだなぁ。

この状態で妙な動きをされて来栖とご対面って流れが一番厄介か。

動揺した来栖が固まって、最悪の邂逅《かいこう》を演出するわけにはいかないし。

そうなると満足するまで相手を……はぁ仕方ない。

「わかったわかった。少しなら付き合うよ。ただ、ちゃんと生徒会の仕事をしろよなー？」

「そこは抜かりありませんよ」

「用意周到なこって」

「ふふっ。褒めても何も出ませんよ？」

「褒めてねーよ。呆《あき》れてるだけだ……」

「さぁ話しましょうか。恋の話題とかいいですね。せっかく、私という大事な存在が来たんですから～」

（……大事な存在？　気になるの……）

雛森が自分の流れに持っていけたことに満足したのだろう。

ダダ漏れで煩かった声が聞こえなくなり、ようやく来栖の声が聞こえてきた。

俺と雛森の会話が気になるのだろう。足元でもぞっと動き、耳を澄ましているようだった。

「雛森はその手の話題が好きだよな」

「女子高生ですからね。そういうのへの食いつきがいいんですよ。鏑木さんも私とこういう話が出来て、当然嬉《うれ》しいですよね⁉」

「俺からしたら『またその話か……』って辟易《へきえき》してるよ。てか、毎回自分の存在を盛るんじゃない」

「またまた〜。そんなこと言って、ツンデレですね鏑木さん。そろそろ素直になってもいいですから」

「俺はいつでも素直なんだが……」

「本当……ですか？」

雛森は両手で逃がすまいとでも言うように俺の肩をしっかりと掴む。

うっとりとした目で俺を見据え、顔を鼻先まで近づけてきた。

いい匂いがして、眼前《がんぜん》には彼女の魅力的な微笑《ほほえ》みが広がっていた。

きっと、彼女の本心を知ることがなければイチコロだっただろう。

けど俺は、そんな挑発に動じることなく平然とした態度をとった。

「………無反応（むぅ。本当に反応しないですね。はぁぁ、自信なくしますよー）」

「他の人には通じてるから大丈夫じゃないか？　まぁ俺には無駄だけど」

「それが嫌なんですよ。これでは、一生鏑木さんに勝てないじゃないですか」

「何の勝負をしたいんだよ、雛森は。つーか、演技しないでそのままでもよくないか？

そしたらギャップが生まれて少しはいいかもよ」

俺の提案に雛森は額に手を当て、わかってないなと言いたげな顔をした。

「こんな我儘《わがまま》でプライドが高い……ってことを全面に出したら嫌われますからね。世の中、

建前が重要なんです」

「本音と建前を分ける重要性ね」

「そうです。皆さんが私に抱く印象は、お高くとまってお淑《しと》やかな完璧美少女。だから、そのイメージを守ることが大事なんですよ」

雛森の言わんとすることは分かる。

俺も周囲の期待に応えようと動いているからな。

だけどそれは、どうしようもなく疲れるし嫌になることだってある。本当の自分を認めてもらうことに自信がないから、我慢しないといけないし、努力も続けないといけない。

この考えが……どこか似てるところもあるんだろう。

だから、

「ま、俺は今の雛森の方が好きだけどな」

俺は彼女を肯定する言葉を掛けた。

足元では来栖がぴたりと動きを止め、何か緊張しているようだ。

耳を澄まそうにも雛森が『な、なにを言い出すんですか⁉⁉』と心の中で慌てふためいている声が煩くて聞こえなかった。

そんな雛森を見ると、余程動揺しているのかきょとんとしていて、大きな目を何度もパチパチと動かしている。

それからジト目になり俺の顔をじーっと見てきた。

「……何ですかそれ？　告白に聞こえますよ⁇」

「アホか。ただ性格に対しての素直な感想だ」

「そーですか。てっきり口説きに来ているのかと……」

「しねーよ」

「そうですよね〜。鏑木さんには彼女がいるんですから。しかも年上っていう……」

（……好き？　彼女……年上？）

「まぁな。有難《ありがた》いことに良い関係を築いてるよ」

「ふーん……（そういうことを躊躇《ためら》いなく言うのが狡《ずる》いですよ）」

雛森は不服そうに頬を膨らませる。

「あーいやですね〜。鏑木さんが大人に染められていると思うと無性に負けた気がします」

「張り合う必要ないだろ」

「年上よりもー。同級生の方がいいですよ〜⁇」

「はいはい」

「どうですか⁇　ここにオススメ物件がありますけど。第二彼女としてもおススメです」

「おい、見ろよ。外は風が吹いてるぞ。春の訪れかな？」

「話の逸《そ》らし方が雑過ぎませんっ⁉⁉」

俺の頭にバシッと彼女のツッコミが入る。

それで顔を見合わせると、二人して微笑んだ。

くすくすと笑っていると、雛森は机の上にある弁当に気づいたようで指をさした。

「このお弁当は鏑木さんのですか？」

「……まぁな」

「随分と可愛《かわい》らしいですね」

「勝手に食うなよ？　俺の夜食なんだから」

「あ、わかりました。そういうことですね～」

「そういこと？」

「皆まで言うでない。私には分かってますよ」

こくこくと理解したように頷《うなず》き、ニヤリと意地の悪い笑みを浮かべる。

彼女の愛妻弁当と勝手に決めつけ、味を確かめるつもりのようだ。

雛森は、弁当を自分の前に持ってくると両手を合わせた。

「さぁーて、私が味の批評をしてあげましょう。徹底的に粗探しをして、姑《しゅうとめ》の如《ごと》くいびり倒してあげます」

「性格が最悪だな、おい」

「ふっふっふ！　こんなの鏑木さんだけですよ？」

「……余計にタチが悪いわ」

「お褒めの言葉をありがとうございますっ。ってことで……隙ありっ！」

「お、おい。勝手には……」

俺が止めようとしたが雛森は卵焼きを口に運んだ。

ゆっくりと味わうように咀嚼《そしやく》した。

（……どうしよう？　大丈夫？　鏑木君……）

その様子が気になるのだろう来栖は、俺以外の感想を心配しているようだった。

「ん？……ん？…………ん？」

「どうした？」

「困りました……」

「何が？　俺からしたら全く問題ないレベルだと思うが……」

「美味《おい》しい……これでは嫁いびりが出来ないじゃないですか⁉　私の気合を返してくださ
い！」

「いや、美味しいならいいだろ」

「まぁそうなんですけど……。うーん、まだ温かくて美味し……？」

「どうかした？　何か引っかかることが？」

雛森は眉をひそめて、他の料理を摘《つま》む。

心の中で美味しいと思いながらも、『やっぱり気になります』と何か疑問を感じているようだ。

俺を何度もチラチラと見て、ようやく腑《ふ》に落ちた彼女は机に肘をつき、手に顔を乗せるとニコリと満面の笑みを向けてきた。

逆に怖い笑みに、俺はごくりと唾を飲む。

「これ誰が作ったんですか？」

「知り合いだよ」

「ふーん。お弁当、まだ温かい気がしますが……作った方はどちらに？」

「あったかいのは電子レンジに入れたからじゃないか？」

「音がしませんでしたよ？　少し前からドアの前にいましたけど……」

更に怪しむような視線。

最早《もはや》、隠していることを確信しているようだけど。

俺はあくまでポーカーフェイスを貫くことにした。

「……まぁいいです。ちなみに浮気とかではないですよね？　浮気は全人類の敵ですよ⁇」

「違うよ。ただ、味見とかそういう手伝いの一環だ」

「私に誓って？」

「そこは神に誓ってだろ……」

俺が雛森にツッコミをすると、呆《あき》れたように大きなため息をついた。

「はぁ。鏑木さんのことだから、嘘《うそ》ではないとは思いますけど。ほどほどにしてください」

「分かってるって」

「本当ですか⁇ たまたま見たのが私だったからいいものの、お弁当を貰《もら》っているのを彼女さんが知ったら、いくら交友関係に口を出さないにしてもガッガリすると思います。女の子の心はガラス細工のように精巧なのですから行動には気を付けてください」

「ああ、肝に銘じとくよ」

「本当ですよ！ 次からは気を付けてくださいねっ」

（……行動に気をつける。配慮……勘違いに誤解……）

雛森は不機嫌そうにそう言うと、注意を促すように俺の頭をぺちんと叩《たた》いた。

「じゃあ、私はそろそろ行きます。戻らないといけないので」

「ああ、またな」

「はいっ」

雛森は微笑むと、教室を出て行った。

さっきまで騒がしかった教室に静けさが戻り、代わりに足元から布の擦《こす》れる音が聞こえてくる。

数分後、外の様子を窺《うかが》いながら来栖が机の下から出てきた。

出てきた来栖はタブレットに文字を書き、表情を曇らせた。

【ごめんなさい（私のせいで喧嘩《けんか》……怒ってたみたいだったから）】

「大丈夫大丈夫。心配して苦言を呈しただけだから、来栖は関係ないよ」

【関係ある（悲しんでるようだった……機嫌も悪そう）】

「そんなことないって。あーそれよりも弁当が美味《うま》いって、言ってもらえてよかったな」

（それは嬉しかった。けど、鏑木君が……）

俺は気にするなと、笑ってみせる。

だけど、来栖は気にしたままだった。

気まずい空気となったまま、来栖は残った弁当と荷物をまとめてゆく。

俺は残りの片付けをしながら窓から外を眺める。

外では運動部が集まって終了前のミーティングをしているようだった。

……部活が終わる前に来栖には帰ってもらうか。

俺が来栖に先に帰るように伝えると、彼女はタブレットを見せてきた。

【今日はありがとう。頑張れそう（……でも……）】

「これからも頑張ろうな」

『でも』の続きを聞く前に彼女は教室の入り口に向かってしまった。

窓際にいる俺からでは、心の声がイマイチ聞き取りづらい。

彼女はペコリと丁寧に頭を下げる。

そしてもう一度、

【ありがとう】

と、俺に見せて来た。

「二回も言わなくてもいいって。人で混む前に帰りなよ」

俺がそう言うと、彼女は口角を僅かに上げぎこちない笑みを浮かべた。

きっと俺との練習の成果を見せたかったのだろう。

そして、そのまま彼女は去ってしまった。

「慌ただしいなぁ。全くせっかちだよ、ほんと」

部活動を頑張る生徒を眺めながら呟《つぶや》く。

また明日も頑張らないとな特訓……それに、雛森が乱入してきた時のことも考えとかないとなぁ。

まぁ、雛森の出方を見て考えるとするか。

そんな呑気《のんき》なことを思いながらも……。

「……笑顔、今までで一番上手《うま》かったな」

彼女の去り際に見せた表情がどうしても頭から離れなかった。

◇　◇　◇

「りっくん、へるぷみ～」

「律～。俺もさっぱりなんだけどよぉー」

「二人が同時に話しかけたら律が困ると思うよ。ところで律、この前の模試で僕もわからないところがあるんだけどいいかい？」

「あ～かんちゃん抜け駆けはダメダメ～ッ」

「そうだぜ!!　ってかよ、俺は進級がかかってるんだから、優先順位があんだろ!?」

「……順番に見るから、分からない問題には印をつけておいて。俺が来るまでの間は、最低限覚えないといけないところを優先な」

「「はーい」」

今日は約束していたクラスメイトとの勉強会。

終業式が近づき、短縮日課となったからその時間を利用してみんなで集まっていた。

早く帰れば遊べるというのに、いつもの面子《メンツ》は全員参加している。

よくみんな来てるよな……。暇なのか？

って言いたくはなるけど。

この賑《にぎ》やかなクラスで過ごす時間も残り僅か。

そんな雰囲気を共有したいのだろう。

「鏑木さん、次は私の番です」

「おっけー。雛森は数学だよな。文系科目は得意だし」

「はい。憎き数学でお願いします」

「憎きって、お前なぁ。とりあえず分からないところ見せてくれる？」

雛森は言われた通り数学のワークを開き、蛍光ペンで印をつけたところを指さした。

そこには「？」がいくつも書いてあり、最早落書きのようになっている。

「自分で解き途中のノートとかある？」

「これです。ノートなんか見てわかるんですか??」

「まぁなんとなくなぁ。うーん……。二次不等式は二次関数の応用と思った方がいいぞ。文字の羅列で混乱するなら、グラフを書いて視覚的に理解した方がいい」

「それはどういう……あ、ノートに解説を書いてください」

俺は、言われた通り雛森のノートに細かく書いてゆく。

一通り省略せずに書いて雛森に返すと、彼女は食い入るようにノートを見た。

「これ、どうして答えにはこの説明が書いていないんですか？」

「知ってる前提で進むからなぁ。いちいち書かなかったりするんだよ」

「なるほど……それは意地悪ですね。でも、鏑木さんのお陰で少し分かった気がするので……他の問題を解いてみます！」

「おう。頑張れ」

「もし、出来たら……褒めてくれますか？」

「オッケー。ムツゴ○ウさんみたいに褒めるよ」

「えー……（上目遣いを受け流し⁉⁉　どうしてこの私の甘えたあざとい視線が通じないんですか〜っ‼）」

雛森は不服そうにし、席に戻っていった。

……ほんと。飽きもせず挑んでくるよなぁ。

窓の縁に背中を預け、俺は教室を見渡す。

真面目にペンを動かす姿を見ていると、どこか嬉《うれ》しい気持ちにもなり思わず笑みが零《こぼ》れる。

そんな俺の姿が気になったのか、霧崎が隣にやってきて同じように窓に背を預ける。

彼女を横目で見るとパックタイプのカフェオレを飲みながら、暇そうな顔をしていた。

「霧崎は勉強いいのか？」

「うーん？　私は今日は乗り気じゃないからいい」

「えー……参加してる意味なくね、それ」

「まぁまぁ。マスコット的な感じだと思ってよ」

「マスコットならもっと愛嬌《あいきょう》を振《ふ》り撒《ま》いたらどうだ？」

「無理無理。それにしても、律って面倒見がいいよね、いつも。こんなにもみんなの面倒を見てて、暇なの？」

「勉強は教えるのも勉強になるからいいんだよ。自分の中の情報整理にもなるし、伝えるときに説明できないなら自分が分かっていなかったことを知ることができるし。だから、俺にもメリットがあるんだよ」

「へ〜。流石《さすが》、学年一位は言うことが違うね。私とは出来が違う」

手をパチパチと叩き、俺の髪をやや乱暴に撫《な》でてきた。

セットした髪が乱れたことに不服そうな視線を向けると「あ、ごめんごめん」と平謝りをしてくる。

俺はスマホの画面を見ながら、髪型を整えて嘆息した。

「いやいや、霧崎も成績いいだろ。見てないで手伝ってくれよ。松井と川口という暴走しやすい二人がいるんだから」

「手伝うのはいいけど。私には教えてくれないんだ？」

「成績優秀者には必要ないだろ？　ここはいつもみたいに教える側に回るってことで」

「私は律と違って、真心だけで行動出来ないんだけど」

霧崎は俺の方を向いて、手をさし出して言った。

「何がお望みで？」

「うーん。じゃあ今度、買い物に付き合ってよ」

「買い物？　人が多いところは嫌なんだが……」

「えーなに。ひと気のない所に行きたいの？」

「語弊がある言い方をすんな。単純に人が賑わう所が苦手なんだよ」

何か言いたげな視線を俺に向け、霧崎はくすりと笑う。

それから、やれやれと肩をすくめてみせた。

「冗談。私は勝手にやることにするね。あー言ったけど、別に何か欲しいわけじゃないし。律が一人で大変そうだから、手伝ってあげる。もちろん無償で」

「……それだと余計に返した方がいい気がするんだが」

「うーん？　律が気になるようならそうすればー？　ってことで、胡桃と腹黒姫は私が引き取るから」

「交渉が上手いな……ったく」

悪態はついたが正直、手伝ってくれるのは有難《ありがた》い提案だった。

ただ……見透かされたようで悔しくはあるけど。

「あ〜今回もきりねぇが見てくれるのぉ⁉」

「そうそう。ただ律ほどの成果は求めないでよー」

「えへへ〜だいじょうぶい！　女子会だぁ！」

「……腹黒姫って、まさか私のことじゃないですよね？」

「はいはい。いいからこっちでやるよー」

「ちょっと、流さないで発言を撤回してくださいい〜っ」

霧崎は女子を引き連れ、教室の端っこに移動する。

その様子を一部の男子は羨ましそうに見ているが、男子禁制の雰囲気があり近寄れそうになかった。

俺は川口と神林のところに行き、勉強する様子を眺める。

それから、たまに入り口の方の様子を窺《うかが》った。

……まだ来そうにないか。

「何か気になるのかい？」

「まぁちょっとね」

「そっか。それにしても律の勉強会は盛況だね。ほかのクラスでも参加したいって言っている人がいたよ」

「それは光栄なことだな。まぁそうなると集団で授業をやるしかないけど」

「やったらどうだい？」

「まぁ素人授業でいいならね」

そうなったら捌《さば》き切れる自信がないから、なるべく遠慮したいところだけど。……もちろん、これはフリではない。

「なぁ話してないで、俺のを頼むぜ～……。マジでヤバいんだからよー」

「悪い悪い。じゃあみっちりと見ようか」

女子と男子に分かれて、賑やかな勉強会は昼頃まで続いた。

だが、来栖が参加することも俺に連絡が来ることもなかった。

◇　◇　◇

「んじゃあ、四組最後の日ってことで盛り上がって行こうぜぇ～！　そんでもって、俺の進級おめでとう～っ!!」

川口のそんな掛け声で、俺たちクラスの打ち上げが始まった。

終業式を終え、登校日を除けばこのクラスで過ごすのは最後の日である。

だから、お別れ会と称してみんなで集まっているわけだ。

中々に賑やかなクラスだっただけに、これで終わりと思うと少し寂しい気持ちになった。

俺は盛り上がるクラスメイトを席の端から眺め、炭酸を口に流す。

プチプチと跳ねる炭酸に心地よさはあるけれど、俺の気持ちは全くの逆で、胸に残る気持ち悪さに頭を悩ませていた。

「……連絡なしか。なんだかなぁ」

ぼそっと愚痴が零れ、スマホの画面に触れる。

画面に映るのは時間と日付だけで、誰からも連絡は来ていなかった。

そう、俺は弁当の練習をしたあの日以来、来栖に会っていない。

毎日のように行っていた来栖との練習が途切れてから、もう一週間が経《た》っていた。

……何故《なぜ》だか全力で彼女から避けられているんだよなぁ。

来栖の姿が見えたと思ったら、直《す》ぐにいなくなってしまう。

まるで警戒する小動物を追いかけているようなんだよなぁ。

近くに行くことができれば行動理由が見えて来ると思うけど、近づかないと話にならない。

「理由ぐらい話せよなぁ。余計に気になるだろ……」

俺は天井を見上げ、ふぅと息を吐く。

去る者は追わず来る者は拒まず。

彼女がもう頼ってこないのであれば『俺の出番は終わった』って割り切ればいい。

そう気持ちを納得させようとするが……。

あー釈然としない。全てが中途半端だし、何も言わずにこうなったことで、胸の奥につっかえたモノを感じている。

——放っておいて。

彼女の態度は明らかにそう言っているようだけど、

「無理なんだよ、そういうの」

俺の困った性分にため息が漏れる。

そんな俺の姿が、傍《はた》から見たら思い悩む様子に見えたのだろう。

霧崎が「辛気臭い顔してどうしたの？」と話しかけてきた。

「考え事してたんだよ。分からないことだらけでさ」

俺はそう答えため息をつく。

避けられるようになった理由、それが分からなくて釈然としない。

今後、関わらなくなるにしても来栖が言っていた『卒業』ってことになるのなら、最後に一言だけ伝えて終わりにするのがいいだろう。

後腐れなく、送り出すようにしてね。

俺がそんなことを考えていると、隣にいる霧崎が「へー」と珍しいものでも見たような声を出した。

「律にも分からないことってあるんだ。意外だね」

「あるだろ普通に。知らないものは知らない」

「そう？　ほら律って『普通、気がつく？』ってところまで気づくし、いつもは何でもスマートにやるじゃない？　出来ないことはないのかなーって思うことがあるよ。だから珍しくて」

「悪かったな……今回、スマートの欠片《かけら》もなくて」

「あははっ。不貞腐《ふてくさ》れないでよ。私としては親近感があっていいと思うし、なんなら普段より好感が持てるって」

「普段ってそんなにダメなのか？　軽く凹《へこ》むんだが……」

内角を抉《えぐ》るような言葉を浴びせられ、ため息をつく。

霧崎はどんまいと言いたげに、肩をポンポンと叩《たた》いてきた。

こんな心がこもっていないドンマイは初めて聞いたよ。

「ダメってわけじゃないけど、律って変に達観してるところあるでしょ？　隙がないし完璧な人に見えるから、どことなく距離を感じることがあるんだよねー」

「距離ねー。自分で言うのも変な話だけど、俺って誰にでも分け隔てなく接してるつもりなんだけどな」

「まぁね。でもそれってさ。言い方を変えれば八方美人で、実は不安にさせる要因にもなるんだってこと……知ってた？」

「うーん、そうだな。例えば〝優しすぎて怖い〟とかか？　それなら言われたことあるから心当たりがあるけど。優しすぎって普通に褒め言葉じゃない？」

「自分に対してだったらそう思えるかもねー」

含みのある言い方に眉を寄せる。

『良い人』って言われるということは善人である証《あかし》でもあるし、みんなから負の感情を向けられていないってことになる。

どう考えても良いことなのに……。

俺は霧崎の言い分が分からず首を傾《かし》げた。

それを見た彼女はくすりと魅力的な笑みを浮かべ、俺の胸に人差し指を当てた。

「律って、いずれ本当に刺されるんじゃない？　ぶすりって……」

「物騒なこと言うなよ。体がぶるっとしたじゃないか」

「でも、あり得ることじゃない？　ドラマとかでもあるでしょ。『私のものにならないなら殺してやる〜！』みたいな流れとか」

「ドラマでは見たことあるけど。俺には理解できないな」

「ま、これは極端な例だけどつまりはそういうことだよ」

霧崎も俺と同じように炭酸を飲み、ふぅと息を吐く。

壁に背を預け、頭だけをこちらに向けた。

「誰にでも優しいのは確かに魅力的。でもね、女の子って本当は自分だけにその気持ちを向けて欲しい。一番の特別で在りたいって……思うもんなんだよね」

「特別……か」

「そうそう。優しいとそれだけ不安になるし。それが元で喧嘩《けんか》したりもするんだから。まぁ端的に言うと〝嫉妬〟だけど」

あーやだやだ。と、鬱陶しそうに霧崎は手をひらつかせる。

「いつの時代も嫉妬っていうのは、嫌な感情だなぁ」

「ははっ。律はいつの時代から来た人なのよ。まぁでも、とりあえずは律は気をつけた方がいいかもね、彼女がいるわけだし。嫉妬されてトラブルになるとか避けないと」

「それは激しく同意だね。けど、そこら辺は問題ないよ」

俺はそう言うと霧崎は首を傾げ、怪しむような視線を向けた。

心配してるんだろうけど、俺に彼女はいないから、気をつけるのは今後でいいだろう。

まぁそんなこと、言えないけど。

「問題ないって、律はそれで今悩んでるんじゃないの？　って、勝手に予想してたけど」

「違うよ。まぁ人間関係ではあるけど」

「そっか。律って鋭いけど、女心には疎いから巻き込まれたと思った」

「当たらずとも遠からずってことで……」

「ふふ。なにそれ」

霧崎はうーんと背伸びをして、屈託のない笑みを浮かべた。

「でも気をつけてよねー。彼女がいてもトラブルが起きないとは限らないし、女の影が多いと揉《も》めるよ～」

「霧崎も含めてか？」

「そうそう。私なんて特に危険」

「自分で言うことか、それ」

「まぁ普通は恋人がいる人間に近づいて、恋仲を邪魔しようだなんて余程神経が図太くないとできないから、滅多《めった》に起きないけどね。たいていは身を引くだろうし」

「だな。そう考えると……恋愛バトルって現実的じゃないわけか」

「あはは。たしかにそうかも。あれはフィクションだから楽しいわけだしねー。実際にあったら中々に面倒《めんど》そう」

他人の恋路の邪魔か……。

そのことを聞いた時、ふと来栖の顔が頭をよぎった。

同時に彼女が俺を避けている理由が見えてきた気がする。

そっか。そうだよな。

あいつってクソが付くほど真面目で……。

そして——周りばかりを気にする、そんな人物だったな。

「……んじゃ、ちょっと行ってくるわ」

俺がそう言うと、霧崎はストローで飲み物を混ぜながらじっと見つめてきた。

それから、薄く笑って問いかけてくる。

「結論が見えた？」

「まぁな。お陰様で」

「じゃあ律。ひとつだけ聞いてもいい？」

「うん？」

「今の行動は本当にいつものお人好《ひとよ》し？」

ドキッとする彼女の質問に俺は一瞬、答えに詰まる。

けど、すぐに「いつも通りだな」と答えた。

「本当に〜？　律の行動は今に始まったことではないけど、妙に気に掛けてるじゃん。何か別の感情があるのかなーって」

「ないよない。絶対に。いつも通り見て見ぬ振りが出来なかっただけ」

そう、いつも通りのいつもの感情。

知ってしまったから放っておけない。寝覚めが悪いから心の安定のため。

――最初はそれだけだった。

でも今は、少し違う。彼女と接している内に、来栖瑠璃菜《るりな》という人物をみんなにも知って欲しいと思ったんだ。

素直でまっすぐで、心が綺麗《きれい》な奴《やつ》なんだってね。

そこにそれ以上の感情はない……そう断言できる。

「そっか……。じゃあいつも通りの律なんだね」

「そうそう。損な性格をしてる俺のルーティンみたいなもんだ」

「あははっ。それ自分で言う⁇」

おかしそうに笑い、それから早く行くように促してきた。

俺は席を立ち、一歩進んだところで立ち止まり呟《つぶや》く。

「もう少し打ち解けたら、連れてくるかもだけどいい？」

「誰かの許可がいるもんじゃないでしょー？　合う合わないは話してみないと分かんないし。前情報だけで拒絶するほど、心の狭い人間ではないつもりだけど」

「そっか。色々とサンキュ霧崎」

「別にお礼なんていいって。ささっと走ってこーい。今日、逃したら中々会えないよ」

霧崎はそう言って、俺の背中を押してきた。

彼女が触れた時、背後から『損な性格って私も人のこと言えないな』という声が微《かす》かに聞こえた気がした。

「霧崎？」

「ちょっと私の顔なんか見てないで、行った行った」

「ああ。じゃあまたな」

「みんなには適当に言っておくから……お人好しのおバカさん」

微笑《ほほえ》みを浮かべた彼女を一瞥《いちべつ》し、俺は店を出た。

◇◆私の気持ちと察しのいい彼◆◇

終業式の後、私は校舎の裏手にあるベンチにひとり座っていた。

何をするわけでもなく、ただぼーっとして木の隙間から見える空を眺めているだけ。

空の色が明るい水色から少しずつ変わってゆく。

そんな変化を私は見ていた。

本当はこの場所、放課後は賑《にぎ》わっている。

普段は部活動で使われているけど、この道に今日は誰もいない。

たまに走っている人を見かけるけど……。どうやら休みの部活が多いみたい。

耳を澄ますと聞こえるのは、木々が揺れて葉が擦《こす》れる音だけでシーンとしている。

静かで、日当たりもなくて、寒いところだから……。

部活動がなければ、好んで来る人はいないのかもしれない。

――うん……これでいいよね。

私は空を見上げ、心の中で呟いた。

一年生の最終日もこれで終わり。

こうやって近づかないようにすれば、トラブルも起きないはず……。

鏑木君は優し過ぎるから、このまま甘えていたらもっと迷惑をかけてしまう。

だから、迷惑をかけるのはここまで。後は今まで教えてくれたことを練習して頑張らないと……ね。

そうしないと、今まで時間を作ってくれた鏑木君に申し訳ない。

――これでいい。

私は再度自分の心に言い聞かせた。

自分の選択は、絶対に間違っていない。

鈍感でどんくさい私だけど、自分から気づいて動くことができた。

もし気づかずに私が甘え続けていたら、鏑木君が彼女さんと喧嘩することになっていたに違いない。

私のせいで揉めるのは見たくないし、そもそもそうなって欲しくないよ。

だから――これでいいの。
自分を納得させるように、何度も何度も言い聞かせる。
気持ちを切り替えようとしていると、手元にあるお弁当箱を握る手に力が入った。
私はふぅと息を吐き、自分で用意してきたお弁当を見つめた。
鏑木君に教えてもらってから、それなりに上手に出来るようになったと思う。
本当は『こんな風に出来たよ』って、言えたらよかったけど……それはお預け。
――寂しい。
――悲しい。
ひとりは慣れていた筈《はず》なのに。
恵まれた楽しい日々が続いたから、どうしてもまた欲しいと思ってしまう。
でもそれを望むのは私の我儘《わがまま》。
本音を言えば、まだ話していたかった……。まだ、関わっていたかった。
私と鏑木君は『どんな関係？』って聞かれたら、まだ師匠と弟子みたいなものだけど
……この繋《つな》がりを切りたくなかった。
『もう来栖に教えることはない。頑張って』って、しっかり卒業したかったな。
私なんかと仲良くしてくれた人なのに……けど、仕方ないよね。
もう特訓が必要ないことを言っても、察しが良くて優しい鏑木君は……きっと私が気に

していることに気がつく。

そして、『気にするなよ。大丈夫だから』って、言うと思うの。

だから、避けるしかなかった。

会わなければ、関わらなければ……。最初こそは気に掛けていても、時間が過ぎれば諦めてくれる。

時間が問題を解決してくれることもあるから。

何も言わないでこんな態度をとるのは失礼。最低だと思う。

……それはわかっている。

だから、時間が経《た》ったら、キチンと謝りに行こう。

勿論《もちろん》、彼女さんに勘違いされないように注意をして……ね。

そんなことを考えていると、冷たい風が私の顔を切るように吹きつけた。

四月の足音が直《す》ぐそばまで聞こえてきているというのに、今年の冬は聞き分けがなく、なかなか春にバトンを渡そうとはしていないみたい。

肌だけではなく、吹きつける冷風は容赦なく体中に当たり、普段は考えないのにいつもより痛く寒く感じてしまう。

唇は微かに震え、肩には自然と力が入った。

上着を着ようと思ったけど、馬鹿な私は急いで教室を出たせいで忘れてきたみたい。

寒いね……ほんと。

そう思って肩を押さえる。

うん。体を震えさせるのは寒さのせい。

寒さだけがきっとそうさせている……きっと。

けど突然――――私の震えが止まった。

「……昼飯にしては遅くないか？」

聞き覚えのある声を耳にしたと思ったら、私を覆うようにふわりと温かみのある物が被《かぶ》せられた。

「こんなところで飯って寒いだろ。せめてコートぐらい着とけよな」

私は頭をコートから慌てて出し、声のした方を振り向く。

そこには、私に向かって微笑む鏑木君がいた。

どうしてここに？　帰ったんじゃないの？　ダメだよ、ここにいたら。

そんな疑問と驚きに私は固まってしまった。

きっと顔はいつも以上に強張《こわば》って、睨《にら》むような目つきになっていたと思う。

こっちに来ないで。話しかけないで。

私はただ動揺して緊張しているだけだけど、鏑木君にはそんな拒絶の感情に見えているはず。

そのはずなのに――

「隣、座るよ」

彼は私の態度を見ても気に留《と》めた様子はなく、反応を待たずして横に腰かけた。

「今日は寒いよな……」と呟く彼の口から、白い息が漏れ出る。

私がコートを返そうとすると、複数のカイロを見せてきて得意気な表情をした。

「この時期にカイロは持っておくと便利だよな。なんつうの？　寒いところに手が届く感じがさ。だから、来栖も持っとけよ。手が悴《かじか》んでたら、上手《うま》く書けないだろ？」

そう言うと、私の手にカイロを握らせた。

じわりと温かさが広がり、それは手だけじゃないところまで感覚を取り戻していくようだった。

彼の突然の登場に嬉《うれ》しくなってしまった……。でも私はハッとして、直ぐにタブレットを取り出し書いた。

【どうしてここに？】

今日は打ち上げじゃないの？

戻らないと……せっかく、今のクラスのみんなで過ごす最後の日なのにまずいよ。

誤解させてそれが原因で別れたり、仲違《なかたが》いすることになったらダメ。

私を置いて、ここから少しでも早く友達のところに戻ってもらわないと。

そう思って、私は隣に座る鏑木君の背中を押した。

でも彼は、私の焦りとは裏腹にうーんと背を伸ばしてから、「問題ないよ。今はこっちの方が大事」と、言ってきた。

柔和な笑みに私の心が弾んだ気がする。

でも、理解できなかった。友達との時間を捨ててまで、ここにいる理由なんてないのに。

「あー、ちなみに気に病む必要はないよ。クラス替えでバラバラになっても、スマホでは繋がってるしいつでも連絡はとれるから」

【ダメ】

——そういう問題じゃない。打ち上げがあるのに。

「打ち上げ？　またやればいいよ」

【絶対ダメ】

私はタブレットにそう書いて、彼に見せる。

今、この瞬間を大事にしないといけない。

友達と過ごさないと後悔する。今日という日は戻ってこないから。

鏑木君は私をじっと見つめ、それから大きなため息をついた。

「はぁぁ。来栖は分かってないな」

【何？】

呆《あき》れてる……でも、友達との時間より大切なものはあるの？

「それはあくまで来栖の基準だろ。それに本当に仲が良ければ、機会はいくらでもあるんだから。だけどな、この瞬間を大事にって言うなら、俺には今がその時だ。後悔するとしたら、このまま来栖と会わずに春休みを迎えることだよ」

絶対にここから離れない。鏑木君の目からは、そんな強い意志を感じる。

でもここで私が引いたら、絶対にダメ。

私は甘えたくなるような弱い気持ちを押し殺して、彼を見る。

【ひとりが好き】

……こう言うしかない。

「ひとりが好きな奴《やつ》が友達の作り方を聞くわけないだろー？」

【ひとりでいたい気分】

こう言えば伝わる。

気持ちを尊重して、離れてくれるはず……。

本当は話したいし、一緒にいたい。

けど、我儘を通したくはない。

「……メンタル的にしんどいからひとりでいたいってこと？」

【うん】

……これで伝わってくれた。

そう思ったのに、鏑木君は私の肩に手を置いて心配そうな顔をした。

「なるほどな。それは余計に独りに出来ない。メンタルを病んだ人間を放っておくような性格してないし、そんな女の子を無視できるような男じゃないからな、俺」

私は他にも鏑木君を遠ざけるために話を続ける。

でも、何を言っても、何を提案しても帰る気配が一向にない。

それでもなんとかしないといけないから……。

私がそう思って次のことを考えていると、

「来栖。お前ってアホだろ。嘘《うそ》が下手すぎるって」

呆れたような声で鏑木君は言ってきた。

すべて気づかれてる……。

彼の態度はそう物語っているようで何も言えなくなってしまった。

でもここで負けてはダメ。

鏑木君をしっかりと説得しないと。

彼女さんがいるならそっちを向かないといけないいって。

そうじゃないと可哀想《かわいそう》だから……。

「………嘘をついてるのは俺も同じだよな」

私がどう伝えようと考えていると、鏑木君がそう呟《つぶや》いた。

頰《ほお》を搔《か》きながら気まずそうにしている。

あれ？　今、嘘って言ったの？

何が……嘘？

「来栖が気を遣う奴だってわかってたのに……。悪かった、気を遣わせて」

申し訳なさそうに表情を曇らせる。

「実は、彼女いるっていうのは俺が流したデマなんだよ。本当は彼女はいないし。来栖が彼女に悪いからって罪悪感を感じる必要もなかったんだ。だから、ごめん」

【謝罪不要】

……謝る必要はない。でも、どうしてそんな嘘をついたんだろう？

鏑木君が嘘をつく理由なんてない筈なのに。

モテるから、彼女がいることにして見栄《みえ》を張る必要なんて……。

「別に見栄とかじゃないんだけどほら、彼女がいると分かればトラブルを避けられるだろ？　学校内で色恋沙汰は嫌だったから、彼女がいる設定にしてたんだ」

【言っていいの？】

「……秘密にしてくれると嬉しいな」

【秘密】

「そっか。ありがとう」

……そもそも言う相手がいないけど。約束は守る、絶対に。

秘密にしたいことを他の人に言うのは勇気がいることだと思う。

誰かに言ったことが原因で広まることもある。

『絶対に言わないでね』って伝えても無駄なことが多い。

それは鏑木君も分かってそう……。

でも、彼の表情は『絶対に言わない』というのを確信しているような……。

安堵《あんど》の表情をしているように見えた。

【他に知ってる？】

「いや、言ってないよ。知ってる人が増えたら嘘の意味がないからなぁ」

知ってる人いないいんだ。

私だけに教えてくれた……ってこと？

……あれ？　なんだか顔が熱い……。

私だけって考えるだけで、顔がぴくぴくする……どうして？

「え、えーっと来栖。そういうことだから気にする必要はないからな」

【わかった。私もごめんなさい】

「べ、別にいいよ。じゃあ、これで誤解は解けたということで。前みたいに特訓をしようか。納得行くまでね」

……よかった。

また、鏑木君と話せるんだ。

けど……もう、明日から春休みだから次に会えるのは登校日？

そっか。せっかく話せるようになったのに……残念。

私が心の中で密《ひそ》かに落ち込んでいると、鏑木君が「明日学校で待ち合わせするか」と提案をしてきてくれた。思いがけない提案に私は彼の顔を見る。

【いいの？】

「勿論《もちろん》。ここ何日か話せなかったし、その分と思って」

【ありがとう。一日で問題ない】

私は、そう書いて伝える。

負担や迷惑はかけたくないから、一日だけでも満足。友達と遊ぶ用事もあるだろうから、私だけが独占してはダメだよね。

すると鏑木君は、神妙な顔をして、それからため息をついた。

「あのなぁ。この期に及んで遠慮なんてするなよ。ここにいるのも来栖に色々と教えてるのも、全て俺の意思だからな？　だからさ。いつまでも他人に気を遣って身を引くのはやめろよ。別にいいんだって。たまには我儘《わがまま》を言っても」

微笑《ほほえ》み、優しい眼差《まなざ》しが私に向けられる。

その目はまるで、私の考えを見透かしたような澄んだ目をしていた。

「来栖自身はどうしたい？」と、意思を確認するように柔らかな口調で聞いてくる。

【迷惑をかけるよ】

「気にしないよ。ってか、俺が勝手に首を突っ込んでるだけだって」

【鏑木君の評判が下がる】

「そんなの俺のことが嫌いな人間が勝手に言うだけだ。別にどうでもいいよ」

【私が】

「あ〜っ！　ったく、ごちゃごちゃと考え過ぎだ!!」

書き途中のところで書くのをやめさせられる。

それから彼は私の頭に手を置き髪をわしゃわしゃとした。

……髪の毛が、ボサボサに。

私は不服を訴えるように彼を見る。

「あのな来栖。変わりたいと思っている自分が、最後に一歩を踏み出さなくてどうすんだよ。前にも言っただろ？　来栖自身が自分を認めて自分自身を好きにならないとって。人と近づきたいのに、自分から離れてどうするんだよ」

前に言われたことが胸をぎゅっと締め付ける。

タブレットを握る手に力が入った。

私の反応を待たずに、鏑木君は話を続ける。

「だから一歩。まずは踏み出してみてよ。遠慮なんてしないで、人のことばかり気にしてないでさ。来栖が気にするほど、そんな心が狭い人間ばかりじゃないよ」

どうして？

どうして……鏑木君はこんなに優しく出来るの？

「まぁ……これは俺の自己満足だよ。穏やかに平穏に、自分の周りにそれを求めているからそうするだけ」

自己満足にしては面倒見が良すぎて……。

優しすぎて……。

私にしかメリットがない。

そんな優しさを今までに見たことがないから……逆に不安になる。

そのせいなのか。不安で緊張しているのか。

体がどこか熱く。動悸《どうき》が激しさを増していた。

「こう言われても納得はし辛《づら》いよな。でもこう考えてもいいよ。例えば『鶴の恩返し』ってあるだろ？　善行は巡り巡って自分に返ってくる。そう思っているのが俺の行動原理かな。どうだろう。これで納得⁇」

【損得勘定？】

「そうそう。そういうこと。だから気に病む必要はないよ。無償で、謎に満ちた優しさじゃなくて、利益を求めてるだけ」

口から出てくる私を安心させようとする言葉。

私は鏑木君みたいに察しはよくない。

鈍感で、人の気持ちを理解するのは苦手な方だと思う。

そんな私でも、今の言葉は鏑木君が優しさでそう言ったということがわかった。

……ここまで言われて、何も応えないのは……不誠実だよね。

「まぁでも、来栖がいつまでも甘えられないって言うのならMAXで一年生の間だけにしようか。つまり三月末までが特訓で、そこからは自分で頑張るってことにしてさ。どう？来栖の望みを聞かせてくれない？」

期間限定の提案。

頭が固い私のための提案なのだろう。

そっか、私の望み……。

我儘で面倒な私は……ただ、楽しく友達と過ごしたい。

のんびりと、ゆったりとした時間を……そんな友達を作りたい。

私は、鏑木君の顔を見る。

彼は相変わらず微笑んでいて、私の言葉を待っているみたい。
勇気を出して、私は自分のそんな気持ちを書いた。
【お願いします。一緒にいたい】
これが今の私の気持ちであり、目標。
まだまだ遠いけど。鏑木君となら、叶《かな》うかもしれない。
そう思って書いてみた。
「ああ。勿論」
彼は何の迷いもなくそう答え、にこりと笑みを見せる。
そんな屈託のない表情が、沈んでいた私の心を照らし勇気づけてくれるようだった。
本当に……素敵な人。まるでおとぎ話に出てくる王子様。
周りの子たちが言ってる意味がよくわかる気がした。
──トクン。
微《かす》かに高鳴った胸を私は押さえた。
ぽかぽかとして、顔もなんだが熱い。
でもその熱さは、嫌なものじゃなかった。
まるで春を感じさせる……そんな温かさだったから。
嫌じゃないけど……恥ずかしい？

私のそんな気持ちの変化を察したかのように、木々に遮られていて暗くて寒かったこの道に光が差し込む。

それは、これから進むべき私の新しい道を示しているようだった。

「じゃあ行こうか。今からでも遅くないし」

私が頷《うなず》くと、彼は腰をあげ私に手を差し伸べた。

……恥ずかしくて握れない。

女の子同士、友達同士で手を握ったりしてるから、友情とかそういう意味なの……かもしれない。

けど今、手を握ったら心臓が張り裂けそう。

そう思えるぐらい、動悸が激しくなっていた。

今まで感じたことのない体の異常に戸惑い、だけど『これで断ったら失礼』という考えに板挟みされる。

——どうしたの、私？

自分に問いかけても答えは返ってこない。

それどころか、体の異常は増すばかりだ。

ゆ、勇気だよ、ね。

私はなんとか勇気を振り絞って、差し出された手ではなく服の裾を掴《つか》む。

それからタブレットに【優しくして】と書いた。
優しく教えてくれたら嬉《うれ》しい……。
タブレットの画面を見た鏑木君は、
「……俺じゃなきゃ勘違いしてるよ。ったく」
と呟《つぶや》き、頰《ほお》を薄《うつす》らと赤く染める。
私の視線に気がつくと、コホンと咳払《せきばら》いをしてから天を仰いだ。
「来栖、これだけは言っておく」
私は【何？】と書いて彼の顔をじっと見た。
何故《なぜ》だが照れたように頰を掻《か》く。
「これからタブレットに書くときは、誤解を生まないような言い回しにしような？」
私は、彼が苦笑しながら言った意味が分からず、首を傾《かし》げる。
……何か変だった？
うん……わからないけど。
今はまた話せることを素直に喜びたいと思う。
……頑張れ、私……えいえいおー。
彼に気づかれないように、そう気合を入れた。

優しくして

閑話章

編入前の迷子の私

――私は喋《しゃべ》らない。

人と話すのが得意だったら声を発して、楽しく出来たのかもしれない。
でも私は物凄《ものすご》く苦手。
適切に、相手を不快にさせないように、そう考えたら中々言葉が見つからない。
それに加え、表情を作るのも苦手だ。
いくら練習しても、ぎこちないものしかできない。
そんな私だから、いつも誤解を生んでしまう。
言葉選びが下手だから、トラブルが起きる。
表情を作るのが下手だから、避けられる。
これは、私が悪い。
そこで少しでも上手《うま》く行くように、筆談で伝えるようにした。
文字は話す言葉と違って、聞き間違いを生まないし、視覚的にも説得力があると思う。

そう思って、頑張ってみた。

私もみんなと同じように楽しく過ごしたい。

同じようにお友達が欲しい。


でも、また上手くはいかなかった。まだ努力が足りないのだろう。

そんなある日、私は転校する予定の学校を見に来ていた。

これから通う学校だから、どんな所か気になって。

でも歩いてみると駅から遠く、スマホの地図を頼りにしたもののいつの間にか迷ってしまった。

自分のことだから自分でなんとかしようと歩き、日が暮れた頃には学校に到着した。

……次来る時は迷わないようにしないとね。

かなり遅くなったけど、無事に来れたことにそっと胸を撫《な》で下ろす。

いざ、帰ろうとしたところで雪がパラパラと降ってきた。

……早く帰らないと。

私は急いで駅に向かって歩く。

だけど、ここで私はどこにいるかわからなくなってしまった。

暗くなった道は昼の風景と様相を変え、別の姿になっている。

……道を調べ……あ。

――タブレットの電源がつかない。

どうやら、酷使し過ぎたタブレットの充電はなくなってしまったようだ。

どうしよう。タブレットの電池が切れ、筆談も出来ない。

これでは道行く人に聞けない。喋らない私じゃ……どうしよう。

私は困り果てて、途方に暮れていた。

寒くて、かじかんだ指は痛いぐらいだ。

「駅に行く道はこっちじゃないよ」

急にそんな言葉をかけられ、私の体はびくっとなった。

話しかけられると思っていなかったから、余計な緊張に胸がどくどくと嫌になるほど高鳴っている。

……どうしよう。教えて欲しい。けど今振り返って見たら睨《にら》んでいると思われる。

そんなことを思い、またいつもみたいに悩んでしまった。

話しかけてきた人の足元をチラリと見ると、茶色のローファーが視界に入ってくる。ズボンの柄から、これから私の通う学校の生徒だと理解できた。

でも、何も言えない。勇気を出さなければいけないのに、上手く出来ない。

「……とりあえず、近くまで案内するよ。不安だったら一、二歩、後ろをつければいいし」
私の心中を察したような言葉に安堵《あんど》し、声をかけてくれた人の後ろについてゆく。
しばらく歩き続けたら、明るい道に出てきて私にも分かる場所に着いていた。
「ここまで来たら、後は真っ直《まっす》ぐだ。じゃあ後は頑張って」
彼はそう言うと、私の反応を見ずに去ってしまった。
まるで、私が喋ることが苦手なのを察したように……。
あっという間の出来事で、どんくさい私は何も言えなかった。
ありがとう……って言わないとダメなのに。
私はため息をつき、天を仰ぐ。
——優しい声だった。絶対に忘れないようにしないと。
そう心に誓い、私は駅に入る。
不安だった学校生活に楽しみが一つできた。
今日の人に会いたいな。
もし話す機会があったら……うん。まず最初にお礼を言おう。
今度会った時は必ず。

第四章　喋らない彼女とベタな展開

「お待たせ、今日も早いな」

俺が教室にいる来栖《くるす》に声をかけると、彼女はこちらへ急いでやってきた。

それから俺の顔をじっと見つめてきて、ウキウキした様子で目を輝かせている。

……なんか、距離が近い。

まぁ彼女がいないと知ったから気を遣う必要がなくなったもんなぁ。

俺はそんなことを考えながら、机の上に鞄《かばん》を置いた。

（……今日は、何するのかな？　料理？　それとも話術の練習⁇　なんでも全力でやる。楽しみ……）

「えっと、今日は普通に勉強かな。ほら、勉強できるとテスト前に話してもらえるキッカケに繋《つな》がるかもしれないだろ」

【了解（教えるの憧れる。先生姿の私…………ふふ）】

「だ、だろ？」

【頑張る（……鏑木《かぶらぎ》君と勉強。この時間も幸せ。ずっと続いたら嬉《うれ》しいの）】

内心の嬉しさが溢《あふ》れてるな……表情は変わらないのに。

俺は苦笑し、彼女に背を向ける。

——春休みが始まり、俺と来栖は毎日こうやって会っていた。

関係性は今までと同じで師匠と弟子みたいなものである。

ただ前と違うこともあって、タブレットに書きながら裏であれこれ考えていたのがかなり減ったと思う。

それも彼女が遠慮せずに頼ることを決めた証拠だろう。

その変化には嬉しくもあるけど……。

俺の心に刺さる声は余計に鋭さを増していて、心臓に悪い出来事がここ数日は続いている。

【嬉しいけど大丈夫？（毎日、学校で会えるのは嬉しい。けど、こんなに毎日いいの？）】

「嬉しいって……。よく恥ずかしげもなく言えるよな」

【事実（気持ちは遠慮せずに伝えることにした。言い回しも気をつけてストレートにしてる。回りくどい言い方は危険なのは分かった）】

「学んだことを実践してるのは嬉しいが……」

現に今も、こんな風に俺の横に座り、たまに肩がぶつかるぐらいの距離に常にいる。

急に近づいた距離に、俺は少なからず戸惑いを感じてしまう……。

もしかして、惚《ほ》れられてしまったのではないか？

そんなことを考えてしまうこともあったが……。

（……勉強。鏑木君よりも出来るようになりたい。そのためには近くで、どんなことも見逃さないようにしよう）

と、まぁこんな感じの内心なので勘違いはしていない。

でも逆に不安になるよな。

距離感って気を付けないと面倒なことになるし、隙が多くて不安だ。

俺が横目で来栖を見ると、意気揚々と勉強道具を広げ準備をしていた。

「来栖って勉強をわりとしてるイメージがあるけど。好きなのか？」

【今は好き】

「ああ。分かるようになって好きになった感じか。確かに、出来るようになると楽しくなってどんどん解くようになるね。なんか優越感的な？」

【違う】

「違うのか？」

【一緒に勉強をするのが楽しい（……本当は教えてもらったことが出来るようになったところを見せたい。鏑木君にいっぱい褒めてもらいたいから頑張ってる……言えないけど）】

「な、なるほど。向上心が素晴らしいな……うんうん」

俺はなるべく笑うようにしたが、彼女の素直な気持ちにやられ嚙《か》んでしまった。

……思ったより純粋な気持ちだったな。

優越感とか、そんなことを考えた自分が恥ずかしい……。

ってか、褒められたくて努力とか……健気《けなげ》さが可愛《かわい》すぎるだろ。

【毎日じゃなくてもいい（本当は話したいけど……友達と遊んだりしないの？）】

「ああ、問題ないよ。学校からはそんなに遠くないし来栖の用事がなくても学校には来ていただろうから」

【そう？（……学校ですること。何があるんだろう）】

「家だと勉強に集中出来ないからさ。後は、今後の選択肢を広げるって意味で評定稼ぎだよ。学校の先生とコミュニケーションをとると得する面しかないしね」

【流石《さすが》（……努力し続けるのは凄《すご》い。私も見習って……うん。がんばろー）】

「……おう。まぁな」

だから、唐突に可愛い声で気合を入れるなよ。

いちいち心臓に悪いんだから……。

俺はため息をつき、今日教えるための教科書を開く。

「じゃあ、先取りをやっておこうか。二年になった時、『来栖さんって凄い！』って思ってもらえるように頑張ろう」

来栖はキメ顔でグッと親指を立て、内心では『えいえいおー』と何とも間の抜けた声で気合を入れていた。

この後も彼女とのやりとりが続く。

こんな調子で夕方まで一緒に過ごしたのだった。

◇◇◇

「備えあればなんとやらだな」

俺は、鞄の中から折り畳み傘を手に持ち、雨が降り注ぐ空を見上げた。

夜で暗い筈《はず》なのに、雨のカーテンに光が反射しほのかに明るくなっている。

こんな中、帰らないといけないのは中々に憂鬱でため息しか出てこない。

少しでも激しさが和らいでから帰りたいところだけど、最終下校を促すチャイムが俺を早く追い出そうとしているようだった。

「こんな雨の中、来栖は大丈夫だったのか？」

ふと俺の中で浮かんだのは、少し前まで一緒だった人物への心配である。

来栖と俺は一緒に帰ったことはない。

練習が終わってからは別々に帰っている。

と、言うのも俺が教室の鍵を返したりしているからその間に来栖を帰らせていた。

来栖としても俺と一緒に帰るのは、周りに誤解を与えたくなくて避けたいらしい。

俺は噂《うわさ》なんてものは気にしないけど、『迷惑をかけたくない』という来栖の意思は固く、いつもお礼を言うと直ぐに帰ってしまうのだ。

まぁ、電車通学で家も遠いみたいだから一緒に帰ることを無理強いはしていない。

だから、今日もいつもと同じように解散したわけだけど……。

「……嫌な胸騒ぎがあるんだよ。まぁ杞憂《きゆう》だったらいいけど」

俺はそんなことを呟《つぶや》き学校を出て、ひとり夜の道を歩く。

帰りの道は、部活帰りの生徒が多く歩いていて、騒がしい声が俺に何度も届いてしまう。

話し声だけではなく、『雨やだなぁ〜』とか心の声も響いて来ていた。

……ここまで騒がしいと頭が痛くなるな。

そんな声が煩わしく思え、俺は人通りが少ない道を通って帰る選択をすることにした。

街灯が少なく、真っ暗な田舎道。そんな道を俺は歩く……。

「遠回りだから普段は通らないが……昼間と違って風情があるな。ハハハ……」

俺の声が雨の音で掻《か》き消され、寒い風が顔を撫《な》でる。

暗く誰もいないようなこの道が、恐怖心を煽《あお》ってくるようだった。

普段、そんなに怖いなんてことは思わないけど……。

ホラー番組なんかを見た次の日には、間違いなく通りたくないような場所だよな……。

まぁお化けなんて信じてはないけど、今日はやけに雰囲気があるような気がする。

怖がりではないと思っていたが、一度考えたら怖い話ばかりが頭に浮かんでしまう。

目を閉じて開けたら目の前に……とかね。

「はぁぁ。何を考えてるんだが。本当にそんな展開があるのなら、例えば街灯に照らされた長い髪の人が見える。なーんてことがあれば信じるんだけどな……って、あれは？」

嘘《うそ》から出た実《まこと》。噂をすれば影がさす。

そんな言葉通り、俺の進行方向にある大きな枝垂れ柳の下に——人の姿が見えた。

ぼんやりとして見えるが、長い髪がライトアップされていて、想像通りのお化けに見え……。

（……雨、止《や》まない。びしょ濡《ぬ》れで電車に乗ったら迷惑かける……どうしよう？）

聞き慣れた声に俺の感じていた恐怖心は、一瞬にして消え失《う》せた。

なんで……ここに？

ってか傘を持ってないのかよ……。

俺は急いで来栖の下に駆け寄り、彼女を傘の中に入れた。

来栖は驚いたように目を丸くすると、俺の顔をじっと見つめてくる。

何も言ってこないのは、雨で濡れてるせいでタブレットが出しづらいのだろう。

「こんなとこで雨宿りは危ないだろ」

(危なくない。みんな素通りするから大丈夫なの。「お化け！」って逃げるから……)

来栖は首を振るが疲れているようで力がない。

「全然、大丈夫じゃないからな……？　ってか、傘を忘れたなら言えよ。この雨、当分止む気配がないぞ」

(……駅に着けば後は乾くまで待機する。傘は会えるのが楽しみで、すっかり忘れてたなんて言えない)

「……ったく、仕方ないな。駅まで送るよ」

彼女の声を聞いて、俺はぶっきら棒にそんなことしか言えなかった。

照れ隠しでやや冷たい言い方なのに、彼女は『優しいなぁ』と気にした様子がない。

俺が来栖を気にして横目で見ると、目が合った彼女は申し訳なさそうに頭を下げた。

「いいって。ってか、困ったら遠慮せずに連絡しろよー。俺がたまたま通りかかったからいいけどさ。ここは田舎なんだから、遅くなりすぎると電車がなくなるぞ？　服が乾くまで待ってる余裕はないし、風邪をひくぞー」

(……遅く帰っても問題ない。誰もいない。風邪ひいても……明日から寝ていれば治る)

「……うん？」

（何か返答がおかしかった？）

首を傾《かし》げる来栖に俺は顔をしかめた。

今、誰もいないって言わなかったか？

聞き間違いという可能性も……。

俺は彼女の顔を疑うように見る。

（……私の顔に何かついてる？　じっと見られると……照れる）

こんな時でも俺の心を揺さぶるのに余念がないらしい。

いつも通り、無表情な彼女だけど……何か違和感が。

まぁでも、とりあえず駅に向かわないとな。

「ここにいても寒いし、とりあえず行こうか。よし、じゃあ駅に…………？」

摑《つか》んだ手はひどく冷たく、俺は思わず来栖の顔を見た。

彼女は何も言わずに視線を地面に落とす。

……声が聞こえなくても分かるって。そんな態度を見せたら……。

よく顔を見ると、さっきまでは暗くて気づかなかったが、顔色もどことなく悪く疲れているようだった。

感じていた違和感の正体が腑《ふ》に落ちた俺は、すぐにスマホで時間を確認した。

「……二十一時か。まだ電車はあるが」

だけど、彼女の性格を考えるとこの濡れた体で電車に乗るとは思えない。

迷惑をかけるって思っていたぐらいだし、乾くまで待機して終電がなくなったら『野宿』とか、馬鹿な考えに至る可能性は十分にある。

自分自身がキツくないかより、人のことばかりを気にするから、考えが最悪な方向に進むと思ってもいいだろう。

それに……誰もいないっていうのが聞き間違いではないとすると、余計にその選択肢をとりかねないし、こんな状況の彼女を何もせずに帰すのは気が引けた。

……気づいてるのに見て見ぬフリはできないよなぁ。

全ての予想が杞憂だったらいい。けど、気にし過ぎぐらいが来栖にはいいかもしれない。

俺はスマホで姉に『今日、ひとり連れて帰る』と連絡を入れた。

「来栖。このままじゃ風邪をひくし行こうか。異論は認めないからな」

（……行くって駅？）

俺は来栖の返事を待たずに、彼女の手をひいて歩いた。

されるがままに歩く彼女はやはり疲れているらしく、手には力がない。

軽く握り返してくるだけである。

……ったく、心配ばかりさせて。

俺は心の中で悪態をつき、雨の中をひたすらに歩く。

傘からはみ出した左肩はびっしょりと濡れ、気持ちが悪いが構わず進んだ。

駅とは違う方向に進み始めたところで、『……どこに行くの？　鏑木君なら何かあるのかな？』と少なからず彼女も違和感を感じたようだ。

でも、心配になるぐらい俺を疑ってはいないらしい。

――そして歩き続けて四十分ほどして、目的地に到着した。

（……どこ？　鏑木君の……家？　でも表札には『望月《もちづき》』って書いてある……）

来栖は不思議そうな顔をして、目の前の家を見つめる。

田舎にある昔ながらの古民家に見えるが、実は中はリノベーションされているから割と新しい。

ただ外観は変わっていないし、雨のせいで余計に暗く見える。

そんな、外観だけがザ・田舎の家が物珍しいのだろう。来栖は興味深そうに見つめていた。

「まあいいから上がって。もう伝えてあるからさ」

（急にはダメ。迷惑かける。帰れなかったら、学校休みだから野宿すれば大丈夫）

来栖は首を振り、拒否してくる。

でも、気持ちが分かるからこそ無視はできない。

「問題ないって。それにここで放っておいたら、野宿とかしそうだから却下だ。風邪をひかれても困るし……ってか若干風邪気味だろ」

(……バレてる)

「その顔は図星だな。まぁでも、男の家にあがるのは不安か」

俺がそう言うと首を横に振る。

それからじーっと家の入り口を見つめた。

(不安はないよ。鏑木君の家なら。でも恐縮してる……。なんて挨拶をすればいいの?)

「いや、少しは俺を疑えよ?」

(疑う必要ない)

「えー……めっちゃ首を振ってるじゃん」

一切疑わない彼女に俺は苦笑するしかなかった。

信頼が重たい……てか、冷静に考えてみて女の子を家に上げるのって初めてなんだよな。

そう思うと、急に恥ずかしくなってきたんだが……。

恥ずかしさを押し殺して、家のドアを開けて入ろうと――痛っ⁉

「よぉ色男。こんな時間までどこをほっつき歩いてたんだ……死ぬ覚悟はできてるんだろうなぁ? ってか、さっきの連絡はなんだ? お前はいつからそんなふしだらな男になったんだよ、おい(お前を殺す………心配したぞ、ったく)」

「うわー……殺意たけぇー」

ドアを開けたところから伸びてきた腕に頭を鷲掴《わしづか》みにされ、そんなドスの利いた声を浴びせられる。

姉は不機嫌そうな顔で物騒な物言いをしているが、内心では心配していた。

家に入った途端の家族のやりとりを見て、後ろに控えていた来栖は固まってしまっている。大きな目を何度もぱちくりと瞬《まばた》きさせ、信じられないものを見たように目を何度も擦《こす》っていた。

家族のやりとりを見たぐらいでこのリアクションは、いささかオーバーと思うことだろう。

まぁでも驚くのも無理はない……。

俺を出迎えたのは——さーや先生なのだから。

(まさか……鏑木君と先生は付き合ってる？　……これは同棲《どうせい》。私は愛の巣に入ってしまったの？)

と、まぁ盛大に勘違いして動揺させてしまったみたいだ。

後で誤解を解かないとなぁ。

頭がカチカチだから、変なことを考えそうだし。

苦笑いを浮かべる俺の肩を叩《たた》き、先生は耳打ちをする。

「おい、律《りつ》。私は問題ないが……いいんだな？」

「いいんだよ、このまま放置したら風邪直行コースだし」

「ふーん。まぁ私は良い選択だと思うぞ。気取ってなくて、随分と紳士じゃないか」

「うるせー……いいから後は頼む」

俺は頭を掻き、来栖の方を向く。

「じゃあ、後は服やタオルは適当に借りてくれ」

そう言うと来栖はハッとした様子をみせ、慌ててタブレットを取り出して書き始めた。

【結婚おめでとう（鏑木君に恋人はいない。つまり婚約者はいるってこと……望月先生だったんだね……祝福しないと）】

……うん、色々と間違ってるな。

俺はため息をつき、とりあえず来栖を家に上げた。

◇◇◇

風呂場からシャワーを浴びる音がする。

俺はその音をなるべく意識しないようにテレビを見る。

（……温かい。気持ちいいな）

だが、今みたいな声が聞こえてくるから声が聞こえてくるから、否応《いやおう》なく意識させられてしまい、その度に自分の頰《ほお》をつねることになっていた。健全な男子なら仕方ない反応ではあるが、姉の前ということもあり自制心を試されることになっている。

……美少女が自分家《ち》の風呂にいるって状況、思ったより動揺するもんだな。

俺はため息をつき、辟易《へきえき》しているようにみせた。

だが、俺の誤魔化《ごまか》しなど通用していないのだろう。

目の前にいる人物は随分と意地の悪い表情を浮かべている。

「いやぁ〜。家に連れ込むなんて、手が早かったんだなぁ。感心感心〜」

「ちげぇよ。雨の中で困った人がいたら助けるだろ……普通」

「かっかっか！　分かってるよ！　どうせ放っておけない理由があったんだろう？　いやぁ良かったな。こんな理解がある姉で」

「はぁ。分かってるならからかうなよ……」

目の前にいる姉は、女性らしさのカケラも感じない笑い声を出して腹を抱える。

……泣くほど笑うなよ。

俺は心の中で悪態をついた。

——養護教諭の望月沙耶香《さやか》は、親の離婚で苗字《みようじ》は違うが俺の実の姉である。

だから、俺に対して理解があるし、当然この体質のことも知っている。

それもあってか、俺は姉がいる学校に通うことになっているわけだ。

帰りは車に乗せてくれるなど、色々と面倒を見てくれて有難《ありがた》い話だが……その代わりに学校のことを手伝わされている。

「あの日から、随分と順調みたいだなぁ」

「そう思う？」

「ああ。前より来栖は明るくなったと思うぞ。やりとりも前よりスムーズになったな」

「それなら良かったよ。まぁ本人の努力の成果だな」

「謙遜するなって。こういう対人能力は手助けがないと前には進まんからなぁ〜。苦手な人間では自分一人でやるのには限界があるもんだよ」

お前も分かってるだろと、さーやは続けてそう言った。

「それでも頑張ったからだよ。聞く耳持たない人に何を言ったって響かないからな」

「ふーん、なるほど。なんか壮大なブーメランな気がするのは気のせいか？」

「うるせー」

そんなのは自分でも分かってる。

けど、素直さなんて過去に置いて来てしまった。

純粋で得意気で、ひねくれていない俺なんて幼少期ぐらいだ。

……それは仕方ないだろう。

聞こえてしまうんだから。

俺が不貞腐《ふてくさ》れた態度をとると、さーやは俺の頭を乱暴に撫《な》でる。ワックスで固められた髪は、見事に逆立って爆発状態となった。

「何すんだよ……」

「いやいや、ちょっと慰めてやろうと思ってな」

「いらない……。それより、この後のことを考えておいてくれ」

「うん⁇」

「来栖を家まで送ってもらうかもしれないし、女性同士でしかわからないこともあるだろ？」

「ふーん……」

さーやは首を傾《かし》げ気味《ぎみ》に、窺《うかが》うような視線を向けてくる。

俺が表情を曇らせて不機嫌そうにすると、口角が微《かす》かに上がり斜め上のことを考えているようだ。

「なんか心境の変化があった感じか⁇　随分と気に掛けるじゃないか」

「心配ぐらいするだろ、普通」

「うんうん、健全で何よりだ。まぁ、屁理屈《へりくつ》が多いひねくれ者のお前でも美人には弱かったということだなぁ」

「すぐそっちに話を持っていくんだから。別に色香に負けたとかは全くないよ」

「えー。男子高校生なのに枯れてるなぁ……。もっと有り余る情熱を発散すれば良いのに」

「先生がそれを口にしたらダメだろ……」

俺が呆《あき》れたように言うと、さーやは「確かにな！」と楽しそうに笑う。

さっきからずっと嬉《うれ》しそうで、クッションを抱えながら体を左右に動かしていた。

何がそんなに嬉しいんだか……。

心の中で『青春だなぁ』、『若いっていいなぁ』としか言っていない。

これのどこか青春なんだ？

俺からしたらいつもと変わらない。

気になったから動く。ただ、それだけ。

ただいつもよりも、ほんの少し。ちょびっとだけ放っておくことが出来なかっただけだ。

そう考えると、

「……気持ちの変化があったのは事実……ってことかな」

「フフフ……」

「なんだよ。変な笑い方をして」

「別に～？　気になるなら心を読んでみろ。私のありがた～い言葉が聞こえるかもしれんぞ⁇」

「はいはい。そろそろ来栖が出そうだから、俺は飯でも作る」

俺はそう言って台所へ向かおうとその場から立ち上がった。

風呂場の方から『あ、タオル』という声が聞こえたからタイミング的に丁度いい。

ここで行かないと……鉢合わせとかになったら勘弁だからな。

「おっ、さすがは我が弟。気が利くねぇ」

「食事担当だから作るだけだよ。一人分増えたところで変わらない」

「ハハッ！　そうかそうか〜」

「その代わり、さーやから誤解を解いてくれよ。あいつ直《す》ぐに変な勘違いするから……あ、それからそろそろタオルを届けてやってくれ」

「うーん？　まぁ諸々《もろもろ》善処するわー」

「やる気ねー……マジで頼むからな」

俺は背を向けて手をあげる。

(いい出会いがあって良かったな。姉として嬉しいよ)

なんて声が後ろから聞こえたが、俺は何も聞いてないフリをして台所に向かった。

◇　◇　◇

(不束者《ふつつかもの》ですがよろしくお願いします)

俺の目の前には正座をして頭を下げる同級生の姿があった。
——どうしてこうなった？
姉に任せた筈《はず》の来栖が何故《なぜ》か俺の部屋にやってきている。
無駄に可愛《かわい》らしい寝間着姿……。
姉のお古だと思うが……なんでこんなものを持ってんだよ。
鮫《さめ》の着ぐるみタイプのパジャマ。
幸い、ダボッとしているから色気は皆無なのだが……。
(……鏑木君。困ってる……どうしよう)
鮫の口の部分から顔を覗《のぞ》かせ、上目遣いで見てくる。
狙ってやっているとかではないのが恐ろしいよな……。
それが分かっているから、その自然な行動にはぐっとくるものがある。
「困ってないよ。てか、姉はどうした？」
(なんて言えばいいかな。見た方が早いかも……)
来栖は俺の手を引き、リビングへ連れてゆく。
そこには教育者とは思えないだらしない顔をした姉の姿があった。
「……爆睡してるな、見事に」
(気持ちよさそうに寝てる……起こしたら可哀想《かわいそう》)

俺はソファーで寝転がる姉に毛布を掛ける。

まぁ疲れて寝ても仕方ないか……。

姉の助力を諦め俺はリビングの明かりを消す。

それから、台所にあるご飯をとりに来栖と向かった。

（……良い匂いがする）

来栖がくんくんと鼻をうごめかして、何かに気がついたのか興味津々の様子で体をゆらゆらと動かす。そんな姿が微笑《ほほえ》ましく、俺は口元を隠して笑った。

（何やらいい匂い）

「ああ。風邪気味っぽかったからお粥《かゆ》を作ったんだよ。消化にいいものがいいからな」

【私の？　いいの？】

「それ以外の選択肢があるか？　まぁ俺も食べるけど」

【一緒に食べたい】

「ん。そうしよっか」

俺は素っ気なく返事をした。

そうでもしないと……彼女から聞こえる喜んだ声に照れてしまいそうだ。

（ごっはん。ごっはん……えへへ）

って可愛い声が俺のメンタルを揺さぶってくる。

自分の照れを誤魔化そうと、俺は来栖に話しかけた。

「そうだ。作っておいて今更だが、食欲はあるか？」

【今なら何杯でも（鏑木君と一緒のご飯なら一生食べれる）】

「はは、それはすごいな……って、来栖ちゃんと髪を乾かしたか？」

寝間着の間から見えた髪に違和感を感じ、彼女に聞く。

最初は返答に困っているようだったが、来栖は首を左右に振り申し訳なさそうな顔をした。

また、気を遣ったんだろう。

あらかた、人の家にあるものを勝手に使ってはいけないとか思ってね。

俺はため息をつき、フードをとった。

（また迷惑をかけた）

「迷惑なんて思ってないから。ちゃんと拭いたりしないと気持ち悪いだろ……」

（そうだけど……）

「そんな悲しい顔すんなって。とりあえずもう一枚タオルを渡すからすぐに拭いて。それから、ドライヤーはそこにしまってあるから」

ドライヤーの場所を指さし、タオルを彼女に渡す。

受け取った来栖は言われた通りに体を拭こうとファスナーを少し下げて、そこからタオルを入れる。このような一連の動きが自然と行われ……露《あら》わになった肌が視界に入り、俺は顔を即座に逸《そ》らした。

「来栖、頼みがあるんだけど……」

（顔が赤い……。どうしたんだろう？）

「いや、なんというか。俺の……見てないところで」

自分の顔が熱く、鏡を見なくても真っ赤に染まっているのがわかる。

姉がいるから、女子に免疫があると思っていたけど……身内と他人では、感じるものが全く違った。特に来栖のように造形美ともいえる整った容姿を見れば、狼狽《うろた》えるのも仕方ない。

（……あ）

そう声が漏れると、来栖は慌ててファスナーを上げた。

変わったところのある彼女も、そのぐらいの羞恥心は持ち合わせているようだ。

無表情な彼女の頰《ほお》が赤く色濃くなっている。

いくらマイペースで抜けているところがあるとはいえ、些《いささ》か警戒心がなさすぎる来栖の動きにため息が出た。

「来栖は、男と部屋にいるという自覚をもう少し持った方がいいぞ。今回は緊急事態で仕方なかったとはいえ……」

【お見苦しいものをお見せしてごめんなさい（……これは極刑もの。お目汚し……）】

「いや、別に見苦しくは……ないからな？　そこは自信をもっ……て」

とても魅力的に見えるとは口が裂けても言えない。

目に焼き付いて離れてゆかない白くて柔らかそうな肌があるなんて、勿論《もちろん》言えるわけがなかった。

だから、曖昧な態度でお茶を濁すだけである。

「こほん……。ひとまず、今後は気をつけてくれ」

【気を引き締める所存です（これは土下座案件……）】

「マジでそうしてくれ……心配になるから……」

【心配？】

「そりゃあそうだろ」

知り合ってそこそこ話すようになってきた相手が、どこか抜けていて危なっかしくて……みたいな存在だったら嫌でも目が追ってしまう。

条件反射ともいえる状態だ。

来栖は気まずそうな表情をする俺を見て、口元がわずかに緩んだ。

【誰かに心配されるのは嬉しい】

「いや、心配されるようなことをしない方を考えてくれ」

【馬鹿だから無理（次も絶対にやらかす自信がある）】

「諦めんなよっ！」

無理と断言する来栖に呆れた目を向ける。

まぁ仕方ないかと諦めたように深く息を吐くと、持ってきていた体温計を手渡した。

「念のため熱を測っておいて。その間にお粥《かゆ》をよそってくるからさ」

【ＯＫ（……熱があっても秘密にする）】

「ちなみにだけど、熱があっても絶対に隠すなよ？　分かってるとは思うけど、隠し事とか割と気がつくから」

（……先読みされてる。無念）

「それから、体温を測るときに……同じ轍《てつ》は踏むなよ？」

【問題ない（……次に見られたら恥ずかしくて顔が見れなくなっちゃうよ……うぅ）】

さっきの自分の行動を思い出したのか、不服そうにしてそっぽを向いていてしまう。

赤くなった顔を本人は隠したつもりみたいだが、隠れていない耳は色づいていて恥じらいを感じているのがまるわかりだった。

……こういう可愛らしい反応もするんだなぁ。

俺は体温計の独特な電子音が聞こえるまで、彼女を見ないようにしながらお粥の準備をする。

そして茶碗《ちゃわん》によそったお粥を団扇《うちわ》でパタパタと扇《あお》いだ。

まだかなり熱いのか、湯気がもくもくとあがっている。

【冷まさなくても大丈夫（熱い内に食べないと作ってくれた人に失礼……）】

「うん？　……どうせ来栖は猫舌だろ。猫っぽいし」

【その判断の仕方には異議を唱えたい（猫舌もバレてる……）】

「はいはい」

本当は猫みたいだからという理由ではない。

料理の練習の時に、温かいのを全然口に入れないのと、たまにふぅふぅと息を吹きかけて冷まそうとしていたのを思い出していたからである。

ただ、よく見ていると思われるのが癪《しゃく》だったので、適当なことを言っただけ。

「ほら、これで熱くはないから。一応、作ったのは卵粥な」

（すごく美味《おい》しそう……。お腹《なか》が鳴らないように注意）

来栖はお粥をレンゲですくうとじーっと見つめる。

そして何か言いたげな視線を俺に向けて来た。

「ん？　なんだ、その物欲しそうな眼《め》は……？　しかも口まで開けて……」

【小説的展開（あーんと、ここは食べさせてもらうべきなの？）】

「お前なぁ。それはなんの知識だよ。目を輝かせてないで、いいから食え……」

俺がそう言うと来栖は手を合わせ頭を下げる。

美味しそうにお粥を口に運ぶ彼女を見てると、口が自然と綻んだのだった。

◇　◇　◇

食事が終わり、片付けをした頃にはもう日付は変わっていた。

さーやに来栖を託そうとしたのに、当の本人は満足したように顔を緩ませて寝てしまっている。

……まぁ先生って激務だから、起こすのは忍びないよな。

それに……。

「もう運転は無理だよなぁ。いつ飲んだんだよ……」

俺はため息をつき、テーブルの上を片付ける。

普段は酒を飲まないのに、今日は珍しく飲んだらしい。

テーブルの上にはアルコール度数高めの缶が三本も転がっていた。

「明日、休みだからいいけど。二日酔いしてそう……まぁそうなったら適当に食べやすいものを作るか」

(……私も手伝って役に立ちたい。でも邪魔したら悪い？)

俺がぶつくさ言いながらテーブルを拭いたりしていると、来栖がドアの方からちょこんと顔を出し、こちらを見ていた。

本人はこっそり覗いているつもりのようだが、心の声のせいでいることが分かってしまっている。

俺が「ちょっといいか？」と彼女がいる方に向かって声を掛けると、来栖は肩をビクッとさせ、まるで悪さが見つかった子供のようにぎこちない動きで俺の前へ出てきた。

……手と足の動きが同じになっているな。

まぁとりあえず用件を済ませよう。

「なぁ来栖。馬鹿姉があんな感じだし、悪いけど今日は泊まってもらってもいいか？　さーやの部屋を使えばいいからさ」

【いいの？】

「寧《むし》ろ悪かった。姉がいればどうなっても対応できると思ってたのに、こんな感じになって……」

【わいわいとしたい（……お泊まりは憧れの一つだから嬉《うれ》しいの）】

「わいわいって……えっと来栖は家に帰んなくて、本当にいいのか？」

【放任主義（……こうやって話せる方が楽しい）】

「そっか。それならいいけど」

この様子からも帰らなくても問題はなさそうだ。

何かあった時は、謝りに行くなり対処しないと……とぼんやりと考え来栖と一緒に部屋に向かう。

「ここがさーやの部屋。適当に使ってくれ」

来栖はぺこりと頭を下げる。

それから、辺りをキョロキョロと見渡して訊《たず》ねてきた。

【二人暮らし？（鏑木君と先生以外いない気がする）】

「まぁね。こっちの高校に通うことにした時に、ちょうど姉が働いてるからって感じかな。

俺も親は放任だからさ」

【同じ？】

「同じかもな」

（同じ……同じ。ふふっ）

俺と同じって言われたのが嬉しかったのだろう。

無表情なはずの顔が——魅力的な微笑《ほほえ》む顔に変わった。

本人は気づいていない無意識のものだと思うが……。

俺はつい見惚《みと》れてしまう。

無理もない。今の表情は、練習で見てきた作ったものではない。

あまりにも自然で魅力的だったから不意をつかれたのだ。

……これは素直にやばいな。

無表情で近寄りにくい彼女だけど、それがガラリと変わる。

そう思えるほどの破壊力があった。

【大丈夫？（なんか顔が……赤い？）】

「……なんでもない」

自分の動揺を来栖に見られ、俺はぶっきら棒な態度をとる。

そんならしくない自分が恥ずかしくて、

「とにかく風邪気味の奴《やつ》はさっさと寝ろ。頑張ることも大事だが、それ以上に休憩も大事だからな」

と言って自分の部屋に入ろうとした。

いち早く籠《こも》りたい。

そんな気分なのに、来栖に腕を摑《つか》まれた。

【寝ないの？】

「俺のことはいいんだよ」

【ダメ】

「勉強するから」

【私も】

「いや、寝とけよ。風邪気味だろ」

【や！】

「子供かっ！」

タブレットに頬を膨らませた顔文字を描き、俺に主張してくる。

俺が腕を振り払おうにも必死にしがみついていた。

あーくそ！　色々と距離感……っ。

ってか、そんなくっつくなよ！

頑固な彼女は言い出したら止まらないのは、接してきたからわかってはいるが……。

これは色々とまずい……何がまずいかって理性が……。

俺は、ごりごりと削られる理性の危機と彼女の要求を飲むことを天秤《てんびん》にかける。

……仕方ない。上手《うま》く誤魔化《ごまか》して、今の流れを終わらせよう。

【寝たくない】

「そうは言っても疲れてるだろ？」

【鏑木君が寝るなら寝る】

「……わかった。俺も寝るよ。だから部屋を移動しようか」

俺は寝ることにして、部屋の電気を消す。

寝ますよとアピールするが、彼女は疑いの視線を向けてきた。

【嫌（鏑木君は抜け駆けする。私を寝かせて起きてるつもり）】

「……そんなこと。あるわけないだろー」

【鏑木君が寝たら私も寝る】

「いや、先に寝とけ」

【絶対に嫌】

俺が自分の部屋に入ると、彼女も一緒になって入ってきた。

出るつもりはない。

そう、彼女の声は言っていて頑《かたく》なな態度にため息が漏れ出た。

【ここはチョコ食べて落ち着いて】

「はぁ……誰のせいでこうなってるんだよ」

惚《ほう》けた様子の来栖に俺は苦笑する。

それから、差し出されたチョコを受け取って口に放り込んだ。

……うん、いつも通り甘い。

甘いものを食べると落ち着くよなぁ。

チョコの甘さに浸りながら、ふと疑問に思ったことを来栖に聞いてみることにした。

「なぁ来栖。思ったんだけど何で毎回、俺にチョコを渡すんだ？」

【秘密】

「秘密って。俺、餌付けでもされてるのか？」

来栖は、首を振り、絶対に言うつもりがないらしい。

二月十四日だったらバレンタインデーとか想像しやすい意味を持つけど、来栖の場合は会う度にだ。

だから、それはないと思うんだけど……考えても分からない。

俺は疑うような視線を向ける。

けど、本人は教えるつもりはないらしく、指で口元にバツマークを作った。

「絶対に教えるつもりはないって感じか」

【感謝の気持ち（これは教えたくない）】

「なるほどなぁ。本当にそれだけ？」

【うん（……疲労にはチョコ。鏑木君、私と同じで力を抜くの下手そうだから。それに言ったら誤魔化されて受け取るのを拒否されちゃう）】

俺の問いかけに心では素直に答えてくれた。

ああ、なるほど。心配されていたのか。

そう思うとなんだか来栖らしいな。

毎回くれたチョコの理由……それを知って嬉しくはあるけど、同時に自分の強がりや演技がバレていたことに恥ずかしくなった。

「俺、そんなに疲れてるように見える？　体とか健康体だけど」

だから、その気持ちを誤魔化すように彼女に訊ねた。

来栖は、『また読まれた』と心の中で驚きタブレットに書いて見せてきた。

【そう見える（保健室の時もそうだった。気丈に振る舞ってる感じ……。心配させないようにって）】

「保健室……。たしかに、あの時もチョコくれたもんな。そういうことだったのか」

【ブーメラン（頑張りすぎないで休むことも重要。鏑木君が言ってたこと）】

「はは……俺も人のこと言えないな」

俺が認めると来栖はやや偉そうに、えっへんと胸を張った。

得意気な表情がおかしくて、俺は思わず笑ってしまう。

それから三十分ぐらい来栖と話したところで、彼女の体が少し傾き始めた。

「眠いんじゃないか？」

彼女は首を振り眠そうな顔をあげ、まぶたをパチパチさせた。

そして急に背筋を伸ばして、目を大きく見開いた。

……めっちゃ頑張って起きようとしてるじゃん。

この動作を何度も繰り返す彼女だが、とうとう限界だったようで俺の肩に彼女の頭が乗った。

（……少しだけ休憩）

「まぁ少しだけなら肩を貸すか……」

俺は天井を徐《おもむろ》に見上げた。

そうやって来栖の顔を見ないようにしていると、ふわりと良い匂いが鼻孔をくすぐってくる。

お互いに黙っているから、部屋にはエアコンの音だけが響く。

体には彼女から体温が伝わってきて、考えるだけで動悸《どうき》が激しくなってきた。

恥ず……なんでこんなことをしたんだろう。

そんな少し前の自分の行動に気恥ずかしさを感じ若干後悔していると、いつの間にか横から寝息が聞こえてきた。

「やっぱり……眠かったんじゃないか。この意地っ張り」

俺が横目で見る。

ちょっと眼《め》のやり場に困るほど無防備で、あどけない寝顔をしていた。

そんな彼女を見ていると自然と笑ってしまう。

「案外、似たもの同士なのかもな俺たち」

呟《つぶや》いた声はすぐに沈黙へ変わってゆく。

静けさが余計に緊張を煽《あお》ってくるようだった。
……煩悩退散。
俺は、彼女から伝わるすべての感覚を考えないようにする。
それは、俺が寝落ちするまで続いた。

◇　◇　◇

顔に当たる光を感じ、俺は目を開ける。
壁に寄り掛かり、ずっと同じ姿勢だったせいで……体の節々が痛い。
それをほぐすように俺は体をうーんと伸ばす。
……煩悩に打ち勝ったなぁ。
美少女と一夜を明かすという、男を試されたような経験。
だけど、無事に乗り越えられたことにそっと胸を撫《な》で下ろす。
だがそんな安堵《あんど》感も束《つか》の間《ま》。
肩にあった重みの代わりに、足に温かみと重みがあるのを感じた。
「まさか、そんなわけ……」
中の様子を窺《うかが》うためにゆっくりと毛布をめくる。

「────っ⁉」

俺は絶句して、その場に固まった。

無理もない。視界に飛び込んできたのは、俺の足を枕にして寝る来栖の姿だったのだから。

微妙にはだけた寝間着姿。

服はめくれおへそがチラリと見えている。

それだけではないが……、男子高校生には些《いささ》か刺激が強い。

そんな大変、目のやり場に困る光景がそこには広がっていた。

……なんでこんなことに。

俺は服の端を摑み、見えないように直す。

ここで起きたら、誤解されること間違いないだろう。

幸いなことに熟睡しているのか、起きる様子がなかった。

「無防備過ぎる……マジで……」

ぼやきが口から漏れる。俺は深呼吸をして頰《ほお》をつねった。

そうやって気持ちを落ち着かせようとするが──時折「んっ」と艶《なまめ》かしい声を出すので、どうにもざわつきがとれなかった。

「俺は枕じゃないぞ……。ってか、熟睡してんなぁ……」

男と二人っきりだというのに、まったく警戒する様子が見えない。

そのぐらい安堵した様子で熟睡している。

俺を信頼してくれるのは心地良くもあり嬉《うれ》しいけど、関わって数年経《た》ったような間柄でもないのに、こんな簡単に信用されては逆に心配になってしまう。

少しは疑うとか、警戒するってことを覚えて欲しいんだけどな。

そんなことを考えていると、人の気配を察したように来栖はごろんと転がりお腹《なか》の方に顔を埋《うず》めた。

温かいところを求めて動く動物的な習性なのか。

それとも――寂しさ故なのか。

「……調子が狂いっぱなしだよ、ったく」

いつもの無表情とは違い今の彼女は緩んでいる。

そんなギャップに、恥ずかしさやもどかしさ……。

様々な感情がごちゃ混ぜになって、俺の理性を緩めようと働きかけてくるようだ。

何度も自分の頬をつねるが、一向に治まる気配がなかった。

けど、効果がないからと言って、その行動をやめるわけにはいかない。

ひとたび止めてしまえば、意識が自然と来栖の方に向いてしまい、自分の意志とは関係なくちょっとした仕草や感触に集中してしまうのだ。

制服の時はそこまでわからなかったが、細い体の上半身からは見た目以上に重量を感じてしまうし、足にくっつかれてるから否応《いやおう》なく女性の柔らかみというものが、自己主張を始めている。

動いて逃げようにも、しっかりと摑《つか》まれているので逃げれない。

無理矢理《むりやり》でもどければいいかもしれないが、彼女が疲れていたという事実があるせいで、余計にそこを動くわけにはいかなくなってしまっている。

――頼むから、起きてくれよ。

そう願っても、その気配は微塵《みじん》も感じない。

頭の中で素数を数え、念仏を唱え、意識を逸《そ》らそうとする度に、違う方に意識が向いてしまう。

いっそ、堂々と横になって一緒に寝てみようか？

と、一瞬だけ考えたものの、俺たちの関係でそれは無しだろうと浮かんだ考えを消し去る。

来栖なら『鏑木君ならいい』とか、本気で言い出しそうだからやめた方がいいだろう。

しかも『練習に必要ならやらないといけない』なんて、考えてしまうかもしれない。

そう思うと、軽はずみな行動は出来ないと思った。

……純粋な奴《やつ》はそのままでいて欲しいよな。

俺は来栖の寝顔を見て苦笑する。

見ているだけでも分かるきめ細やかな肌に、サラサラな髪。

少しぐらい触れても今の状況ならバチは当たらないかもしれない。

でもいくら理性がゴリゴリと削られても、信頼してくれたという期待を裏切りたくはなかった。

まぁ、男として意識されていない故にこの行動と無警戒っぷりなのかもしれないが……。

どちらにせよ、一時の気の迷いで短慮を起こしたくはなかった。

「とりあえず、起きるまで触れてませんアピールでもしとくか……」

俺は頭の後ろで腕を組み大きなあくびをする。

どうか、俺の理性が崩壊しませんように。

でも、とりあえずは——

「起きたら……小言のひとつでも言わないとな」


——少し時間が経った頃。

温かさが俺をもう一度眠りへと誘《いざな》おうとしていた。

「……眠くなってきたな。ふわぁぁ……」

俺は頭を働かせようと頬をつねった。けど、まだ体にいまいち力が入らなくて、重い瞼《まぶた》が上がったり、下がったりしてしまう。

「ん……」

近くでそんな声が聞こえ——俺の頭は一瞬にして覚醒した。

「んー……それにしても腕がいてぇ」

俺は痺《しび》れた腕を伸ばしストレッチをした。

ずっと腕を組んでいたからだろう。

急に血が通い始め、むずむずとした痒《かゆ》みがあった。

触るとびくっとしてしまう。

俺がそんな状況に四苦八苦していると、

(……ここは……あれ？)

と、寝ぼけた彼女の声が聞こえてきた。

「おはよう。どう？　体調は良くなった？」

来栖は目を擦《こす》りながら自分の額に手を当て、うーんと考え込む。

それから自信なさそうに頷《うなず》いた。

(良くなってきた……かも？　まだ、眠い。とりあえず倦怠感《けんたいかん》はないかも)

「……そっか。それならよかった」

どうやら、もう大丈夫そうだな……。

問題なくいつも通りの会話をする彼女を見て、口から安堵の息が零《こぼ》れる。

だが、一つ解決したら次の問題がある。

「……来栖。そろそろ……」

（……そろそろ？）

眠そうな表情のまま来栖は首を傾《かし》げた。

来栖は寝起きで気にする余裕がないみたいだが、既に目が覚めている俺からしたら今の状況は気が気ではない。

俺だって一応は男子高校生。

感性が冷めているとはいえ、こういう生身の接触には慣れていない。

だから、さっきから妙な暑さがあるし、これ以上、今の状況に置かれることが我慢できなかった。

「男の前なんだし、今の恰好《かっこう》はどうかと思うぞ……色々と隠してくれ。信用してくれるのは嬉しいが、体を動かす度に……危ないから……。勝手に……視界に入ってくるんだよ」

（顔が赤い……。鏑木君、なんだか気まずそう？　そういえば私は寝るとき——あ）

ようやく事の重大さに気づいた来栖は、布団に潜ってしまった。

きっと赤面していることだろう。

（やってしまった。これは重罪。責任をとらないと鏑木君に合わせる顔がない。鏑木君に何もしてない？　どうしよう。聞くに聞けない……もし、よだれとか垂らしていたら……）

布団の中から、という後悔の声が聞こえてくる。

……普通、手を出していないかとか気にするのって男だよなぁ。

ってか、気にするところズレてるだろ。

男と一緒に寝てしまったとか、そういうのを気にするべきなのに。

まぁでも、お陰で俺の方は落ち着いたな。

来栖が潜った布団が揺れている。

中で悶《もだ》えているんだろう。

頭をすっぽりと布団の中に収めてはいるが、足は外に出ていてかなりバタついてるしね。

俺はそんな彼女に苦笑して、はぁと息を吐いた。

「なんも気にしてないから出てこーい。来栖は大人しく寝ていたし、互いにもたれ掛かって寝ていただけだから、どちらが悪いとかもないからなぁ」

さりげなく自分も『何もしていない』ことをアピールして、彼女が出てくるのを待つ。

だが、その後もいくら呼びかけても出てこない。

丸まってぷるぷると震えてる小動物のような彼女を、俺はそっとしておくしかなかった。

無理やり引っ張り出して、恰好が際どかったという展開も勘弁願いたいし……。

待つしかないよな。

結局、来栖の恥じらいが収まったのは、二日酔いの姉が部屋を訪ねてきてからだった。

◇◇◇

『すまんが律……。二日酔いが酷《ひど》い……おぇぇっ』

そう言って俺の前で力尽きた姉のために、俺は薬を買いに行った。

用事も特にないから、すぐに帰るつもりだったのだが……。

「……なんで、俺はここで待つことになってるんだ？」

帰り道、姉から『来栖を駅まで送って欲しい』との連絡を受け、自宅近くの公園で待つことになった。

家まで行こうとしたけど、全力で拒否られたんだよなぁ。

二日酔いで気持ち悪そうなのに、妙に声は弾んでたのが気になるし……。

俺は不安を感じつつ公園のベンチに座って、ぼーっと空を眺め来栖が到着するのを待った。

——待ち始めて二十分。

スマホが震え、画面を見ると『着いたよ』とメッセージが届いていた。

俺は周りを見渡すが、来栖の姿はどこにもない。

「いや、どこにいるんだよ。公園の場所を間違えたか？　いやいや、ここから家まで遠くないし、流石《さすが》にわかるよな……？」

来栖だったらあり得るんじゃないだろうか。

そんな不安が頭をよぎる。

少し……いやかなり抜けているところがある彼女のことだ。

もしかしたら俺が想像できないような場所に行っているかもしれない。

それは十分にあり得ることで、そうなれば探さないと一大事に……。

俺は、ベンチから立ち上がり公園の入り口に向かって走る。

そして角を曲がろうとして、

（絶対に似合わない……。でも、服を貸してくれた先生の気持ちを無下にはできない……）

俺の耳に聞き慣れたネガティブな声が聞こえ、辺りを見回すと、入り口にある大きな木の根元でしゃがみ込む来栖の姿があった。

とりあえず悪い予感が外れてくれていたことに、俺はそっと胸を撫《な》で下ろす。

そして彼女に歩み寄ろうとすると、俺の姿に気づいた来栖が見えないように木の陰に隠れてしまった。

頭だけをちょこんと出し。まるでどこかの小動物のようである。

「……何してんの？」

俺がそう声をかけると、彼女はタブレットだけを出して見せてくる。

「えーっと。【似合わなくても笑わないで】って書いてあるけど……ああ、なるほどな」

（……こんな服、私には似合わない。百万年早い）

心の声の通り、自信がなさそうだ。

制服があそこまでぐっしょりと濡《ぬ》れてしまったし、姉が服を貸したんだろう。

それで妙に心が弾んでいたのか。

さーやからしたら、着せ替え人形で遊ぶ的なテンションだったのかもしれない。

来栖は断れないだろうし、きっとされるがままだったんだろうな……。

そう思うと不憫《ふびん》だよ、ほんと。

しかもさーやから借りたとなると、年齢的にも似合わない可能性は高いしね。

そうなると俺にできることは……。

「来栖、とりあえず隠れてないで出てきてくれないか？　別に笑ったりしないし、なんだったら来栖なら何でも似合うと思うぞー」

と、こんな風に気にしないように促すだけだ。

俺の言葉に来栖も覚悟を決め、ようやく俺の前に姿を現した。

「……………――似合ってるぞ。……………」

へ～いい感じじゃん。

そんな台詞《せりふ》ばかりを考えていたのに、彼女を見た俺は時が止まったように固まってしまった。

フリルやレースをたっぷりあしらったブラウス・シャツにカーゴパンツというシンプルな恰好だけど、彼女の大人びた見た目に甘さが加わり、破壊力が抜群だ。

思わず感嘆の声を漏らしてしまうほどの出来である。

「……やばっ……」

俺の口から自然と漏れ出た声を咳払いして誤魔化《ごまか》した。

見惚《みと》れてしまった自分が恥ずかしくて、何もないのに空を見上げる。

（……やっぱり似合わなかった。黙られると恥ずかしくて死にそう……）

そんな心の声にハッとして、彼女に見えないように自分の腰をつねった。

「すまん……。驚いて声が出なかったんだ」

【さっきから顔を逸《そ》らしてる。やはり似合わない（分かってはいたけど……悲しい）】

「いや、勘違いだよ。その逆で……」

【逆とは？】

――可愛《かわい》くて直視できませんでした。それが本心。

お世辞ならいくらでも言えるかもしれないけど、本音で女の子を褒めるという行為は、中々にハードルが高いのだ。

本気で思うときこそ言葉が出ない。感情の揺れ動きを知られるのが恥ずかしくて、つい冗談を交えながら茶化《ちゃか》しながら言ってしまう。

だが、今はそれを絶対にやってはいけない気がした。

……くそがつくほど真面目な彼女に下手な冗談は傷つけるだけ。

そんな気持ちを分かってしまう俺は、

「正直、似合い過ぎてて言葉を失った」

オブラートに包むことなくストレートに感想を伝えた。

途端、来栖はぷしゅっと湯気が出そうなぐらい頰《ほお》を赤く染める。

数秒の沈黙の後、木の後ろにまた隠れてしまった。

姿が見えなくなったが、再び彼女はタブレットを見せてきて、そこには一言だけ【ありがとう。流石プレイボーイ】と書いてあった。

（……似合ってたんだ。よかったぁ。えへへ……。でもこんな緩んだ表情は恥ずかしくて見せられない。これは隠さないと、にやけちゃう……）

――だから、聞こえてるんだよな。

ばっちしとその可愛い声が……。

さしずめ、『頭隠して声隠さず』というところだろうか。

俺は、そのことに苦笑したのだった。

◇◇◇

（……全然、人がいない。もしかして鏑木君は、私が人混みが苦手なのを知ってるからこの道を選んでる？　優しい……流石、鏑木君。何でも出来る人）

駅への道中、来栖は周りを見渡しながらそんなことを思っていた。

人がいなくて雑音が少ないからこの道を選んでるわけだけど。

来栖からしたら俺の気遣いに思ったらしい。

偶然の結果で褒められるのには、ちょっとした罪悪感を覚えた。

俺は、来栖の顔をちらりと横目で見る。

うーん。一応、大丈夫と言えるのかな？

恥ずかしさから立ち直るまで時間がかかった彼女だが、もういつも通りの表情に戻っていた。

（……あんな真《ま》っ直《す》ぐに褒められたことないから……。まだ顔が熱い。鏑木君を見たら変

な顔しちゃいそう）

そんな風に来栖は思っていても、何もないと言いたげな涼しい顔をしている。だが、内心ではまだ動揺をしていて、俺の顔を見ようとしない。

普通そんな態度をとられると『嫌われた』と勘違いしそうだが、俺はそんなことにはならない。

寧《むし》ろ、必死に隠そうとしているのが可愛く思えてしまい違う意味でダメージを負っていた。

……無表情と心の中のギャップって強力過ぎるだろ。

なんだ、この相乗効果は……。

まぁこんな状況のせいで会話は当然少なくなっている。

「来栖、ちょっと遠回りをしてるんだよ。騒がしいところが苦手でさ」

【問題ない（森林浴してる気分になるから、この道は好き）】

「それならよかった」

口数は少なくてもやりとりはスムーズだった。

俺のお陰というのも勿論《もちろん》あるが、来栖も慣れてきた証拠だ。

この状況の俺たちを見た人は、きっと恋人同士と思うんだろうなぁ。

田舎道を仲が良さそうに歩くカップルってね。

まぁ幸い今は学校がないし、部活がある連中もわざわざここを通る奴《やつ》はいないから見られることはほぼない。

学校の反対方向で、商業施設も何もないこの場所に来る理由もないからな。

いるとしたら、よっぽどの物好きか、俺と同じように人混みが嫌いで静かな場所を好む人ぐらいだ。

まぁ、カップルがいちゃつくならあり得なくもないが……その場合はお互いに見なかったことにするだろう。

不干渉で無関心。互いの時間を大事にって感じで。

だから、もし出会っても安全で安心——

「あれ、律？　何してんの？」

聞き慣れた声に俺の顔が引きつった。

青天の霹靂《へきれき》とは、まさにこのことを言うのだろう。

予想だにしていなかった遭遇……。来栖は状況を理解していないから、狐《きつね》につままれたような顔でぽかんとしている。

霧崎《きりさき》はこちらに近づきながら、耳に当てたヘッドフォンを外した。

「霧崎、どうしてここに……」

「どうしてって見ての通り学校に行ってたの。なんか勉強に集中できなくて、気分でも変えようかなーって」

「な、なるほど。それで制服ってわけか」

「そうそう。そういうこと」

霧崎はちらりと俺の後ろに隠れる来栖を見た。

非常にむかっとするニヤニヤとした表情になり俺に視線を移す。

「学校にいないなんて珍しいって思っていたけど。ふーん。なるほどなるほど」

「わかってますよ的な視線を向けるなよ。きっと勘違いだからな？」

「別に勘違いしてないけど？　ただ仲が良さそうだから、生温かい目で見てあげようかなって」

（……かっこいい雰囲気。確か、鏑木君のお友達。えへへ、仲が良さそうって……）

来栖、お前はもう少し気にしようか。

のんきに考えているけど、霧崎の目がなんだか怖いからな？

表情はいつも通りに見えるけど、さっきから俺の腰をつねってるし、不機嫌そうにスマホいじってるからな。

『念のため聞くけど……彼女いるのに浮気とかしてる？』

案の定、霧崎からスマホにそんなメッセージが届いた。

『断じて違う。ってか、最近の流れで分かってるだろ』

俺がそう返すと、腰から手が離れ、

「ほどほどにね」

霧崎は耳打ちをしてきた後、ふんと鼻を鳴らした。

そして、俺の後ろにいる来栖をじーっと見つめる。

細めた目は来栖を値踏みするように上下して、それから「うんうん」と頷《うなず》いた。

「面と向かうのは初めてだよね。毎回ニアミスでじっと見ることはなかったけど……うーん。改めて見るとすっごく可愛いじゃん」

【ありがとう（嬉《うれ》しい……話しかけてくれた。えっと、名前は……？　鏑木君とよく話してるのは見ているけど、私は知らないというのは失礼……どうしよう）】

霧崎の言葉に来栖はひとまずお礼を言った。

ここから会話を広げればいいんだけど……ちょっと難しそうだよな。

俺が橋渡し役を担うのが無難か。

「えーっと霧崎。とりあえず名乗ったらどうだ？　来栖とこうやって話すのも初めてだろ」

「それもそうね。まぁ、改めて名乗るのっていうのは気恥ずかしいけど……。とりあえず名前は涼音《すずね》ね。律とはまぁ一応クラスメイト、一応ね」

おい、一応ってなんだよっ！

と、口から出そうになったツッコミを抑える。

話の腰を折っていつものノリの掛け合いを始めたら、来栖が置いてけぼりになるからな。

今は棘《とげ》のある言葉は無視だ無視。

俺はため息をつき、来栖の背中をポンと叩《たた》き話を続けるのを促した。

その意図を察した来栖は、すぐにタブレットへ書いてゆく。

【霧崎さん。私は来栖瑠璃菜《るりな》（……自己紹介は手早くシンプルに）】

「涼音でいいって。なんか、さん付けで呼ばれるのってむず痒《がゆ》いんだよね」

【いいの？】

「呼び方は自由じゃない？　私も瑠璃菜って呼ぶし」

（……名前呼び、嬉しい）

「あれ？　瑠璃菜、黙って固まっちゃった……⁉」

「気にするな。ただ、名前で呼ばれたことに感動してるだけだから」

「そうなの？　律はよくわかるね。まぁその辺の察しの良さは流石《さすが》って感じだけど」

「だろ？」

「ドヤ顔が腹立つんだけどー……？」

霧崎は呆《あき》れた顔で俺の顔を見る。

いつも通りな彼女だけど、心の中で『なんか妬《や》けるじゃん。言わなくても伝わるのって』と呟《つぶや》いていた。

……こういう感情を見せるなよ。普段はそんなことないのに、俺も調子が狂いそうじゃないか。

——だけど、俺は何も気づいてない。

そう思ってもらえるように、表情を崩さないようにした。

「そうだ。せっかくだから時間があれば買い物に行かない？　瑠璃菜が良ければだけどさ。親睦を深めようかなーって」

【行きたい。今すぐにでも。マッハで（初対面の私を誘ってくれるなんていい人……）】

「アハハ！　そんな食いつかれると照れんね。んじゃいこっか。ちなみに律は荷物持ちだから。後は虫除《むしよ》け」

「……それなら仕方ないか」

虫除けなら仕方ないと、俺は渋々だが了承した。

確かにこの二人が一緒にいたら目を惹《ひ》くし、ナンパとか面倒ごとがあるかもしれない。だから、男が一人でもいれば少しはマシだろう。

霧崎もそう思ったから、『虫除け』なんて言い方してるしね。

でも、来栖はそう思ってなさそうなんだよなぁ。

申し訳なさそうに俺を見上げてるし、『行きたいけど、鏑木君に迷惑が』なんて思ってるし……はぁぁ。ったく。

「ここまで来たら、断られても勝手についてくから大丈夫だよ。二人より三人の方が楽しいしなぁ」

【持たせるのは悪い】

「あー気にしないで。律の前世ってトラクターだから割と力持ちなの。ほら、細身に見えてたくましいところあるじゃん？」

「おい。くすぐったいから腹を触るな」

「いいじゃん。減るもんじゃないし」

減るんだよ。主に精神力的なものが……。

ってか、触るなら普通にしてくれよ。

撫《な》でるような感じが、妙に色っぽくてドギマギするって。

【確かに筋肉質（鏑木君の前世にそんな秘密が……）】

「来栖、信じる必要ないからな？」

いや、少しは疑問を持てよ。

本気で信じそうな来栖を見てため息をつく。

ちゃんと誤解を解かないとまた面倒なことになりそうだなぁ。

俺が不満を伝えようと霧崎を見たら、彼女は愉快そうに笑っていた。

◇　◇　◇

——女子の買い物は長い。

これは世界の真理だろう。

買いもしないのにお店をはしごして回る。

どうして飽きないのだろうか？

買うものを事前に決め、探して見つけてレジに持っていく。

それだけでいい筈《はず》なのに。

……これだけは本当に理解出来ないんだよなぁ。

まぁ感情がそうであったとしても「見るの疲れたから帰りたい」って言ったり、スマホばかりに気を取られたり、ゲームをして時間を潰すとかはしないけど。

喧嘩《けんか》の種にしかならないし、カップルであれば別れる原因となってしまう。

だから女子との買い物では、いつまでも付き添い感想を口にする。

そして自分も興味あるように見せて、楽しんでる雰囲気を醸し出す。

それが鉄則なんだよなぁ。

だから俺は二人と一緒にひたすらに回った。

二人の様子を見守りつつ、参加していた………のだが、

「やっぱ、人が多いところは辛《つら》いわー……」

最後の最後にバテてしまった俺は、ショッピングモールの屋上ビオトープで休むことになっていた。

買い物に付き合うこと自体は苦ではない。

寧《むし》ろ、来栖のことが心配で見ていたかったぐらいだ。

だけど……声が多過ぎるところに長時間いるのはしんどい。

拾いたくなくても拾ってしまい、途中から金槌《かなづち》で殴られたように頭がガンガンしていた。

しばらくは我慢できたけど、結局はこうやって休む羽目になっている。

「律ー。大丈夫⁇　さっきよりは顔色が戻ったようだけど」

「……ちょっと人酔いしたんだ。だいぶ良くなってきたよ」

「本当に？　まぁ無理しないでよー。今、瑠璃菜が飲み物を買いに行ってるから」

「ああ……りょーかい」

目を手で隠し、その隙間から見える空を見上げた。

来栖ってほんと察しがいいよなぁ……。

俺が具合悪そうにしていることに真っ先に気がついたのが来栖だった。

有無を言わさず外へ連れてゆかれ、今みたいなことになっている。

「霧崎、今日はありがとう。色々と助かったよ」

「うーん？　私は大したことしてないけどね。気がついたのは瑠璃菜だし」

「いや、そっちじゃなくて買い物の方。女性の服選びはわからないからさ」

「へー、意外だね」

「まぁ人間だからな」

「あははっ。なにそれ」

霧崎はおかしそうに笑い、俺の横に腰掛ける。

顔はにこにことしているが、心配しているのだろう。

時折、疑うような視線を向けていた。

けど、俺の体調が良くなっているのを感じとると話をし始めた。

「私服は持ってた方がいいからね。女の子って流行《はや》りに敏感だし、知識はあった方がいいよ」

「まぁな。そういえば試着室内で笑い声が聞こえてたけど、何を話してたんだ？」

「んー？　何々〜？　女の子の会話が気になるの？」

「ちげぇよ。随分と楽しそうだったし、霧崎も妙にスッキリとした表情をしてるから気になったんだよ」

「あーそういうことね。でも、女の子って話すの好きだから、色々と話しすぎていちいち覚えてないかな」

「えー………」
はぐらかす彼女に俺はため息をついた。
更衣室から「卒業」とか「友達」とか、俺の名前が出ていれば気になるだろ。
昨日、俺の家に泊まったとか話してなければいいんだが……。
霧崎の表情から考えると大丈夫そうなのか？
蔑むようなものは感じないし……。
はぁ。声が全然聞こえてこないから、わからないんだよ。
（自販機……迷っちゃった）
俺が霧崎に探りを入れようとしていると、そんな声が聞こえてきた。
声のする方に顔を向ける。
来栖が飲み物を抱え近づいてきていた。
（鏑木君……。だいぶ顔色が良くなってきてる。昨日のことが原因かな……？）
来栖は不安そうに俺の様子を窺《うかが》い、額に冷えピタを貼ってくれた。
冷たい飲み物で首元を冷やして、至れり尽くせりの対応である。
その手際の良さに霧崎は、「お〜」と感嘆の声をあげていた。
「ありがとう来栖。もう大丈夫だ。三十分ぐらい休んだし」
【無理はダメ（また痩せ我慢の可能性大……）】

「めっちゃ疑われてるな……」

【前科がある】

「改心してるかもしれないぞ？」

（そう簡単に変わらない……私も同じだから）

来栖は首を横に振り、一歩も引くつもりはないらしい。

この状態で俺が立とうものなら、保健室の二の舞になることだろう。

けど、いつまでも休むわけには行かない。

来栖が俺以外とたくさん接する良い機会なのに、それを俺が邪魔したら今までの意味がないから。

でも、来栖の性格を考えれば簡単にこの場から動くことは出来ないだろう。

……困ったな。

「じゃあさ。律はもう少しここで待っててもらっていい？　私と瑠璃菜でクレープ買ってくるから」

俺の気持ちを察したように、霧崎がそんな提案をしてきた。

【鏑木君を置いていくのは……（話したい気持ちはある……けど）】

「大丈夫だよ。俺はここで休んでるから、小腹も空《す》いたし何かあると嬉《うれ》しい」

【心配】

「ありがとう。けど、本当に大丈夫だから。ほら、行った行った」

判断に困ってる来栖を俺は行くように笑顔で促した。

本当は行きたいのに、相変わらず他人ばかりを気にしている。

俺が促したのに来栖は動こうとしなくて、埒《らち》があかないと判断した霧崎が「行くよ、瑠璃菜」と彼女の手を摑《つか》んだ。

「じゃあ律、私たち行ってくるから。勝手に帰るとかしないでよねー？」

「しねぇよ。とりあえずよろしくな」

「はいはーい」

軽い調子で返事をして、来栖を連れて行く。

来栖は最後までこちらを気にしていた。

……こういう時、霧崎がいてくれると助かるよな。流石は空気読みの達人だよ。

俺はそんなことを思いながら、遠くなっていく二人の背中をぼんやりと眺めていると、少し寂しい感じがした。

無性に弱くなった気持ちが、ふと空虚になった胸にひたひたと押し寄せてきたようである。

「……なんだかなぁ」

そう呟《つぶや》き、二人が戻るのを待った。

◇◇◇

——あれから二時間。

俺たちは駅に向かって歩いていた。

駅に送るだけのはずが、日もいつの間にか傾いてきている。

俺は後ろからやりとりをする二人を見る。

まだぎこちないやりとりではあるけど、霧崎も気にしている様子はないし、問題はなさそうだ。

一人話す相手が出来れば、それを皮切りに増えてゆく。

だから、この光景が来栖が前に言っていた卒業なのだろう。

成長して変わる姿を見れて俺としては満足だ。

二人を眺め、微笑《ほほえ》ましい気持ちを抱いていると。

「じゃあ私、こっちだから」

霧崎は手をひらひらとさせ、実にあっさりと帰ってしまった。

猫のようなマイペースな彼女の行動に俺は苦笑する。

【ありがとう。鏑木君のお陰だね（……初めて鏑木君以外とも上手《うま》くできた）】

「いやいや、来栖の努力が実ってきた成果だよ。反応もいいし、顔もいつもより強張《こわば》ってなかったんじゃないか」

【やった（かなり進歩した。免許皆伝……。少しだけど上手くなった実感もある）】

「俺もそう思うよ。頑張ったな、ほんと」

俺がそう言うと嬉しそうに目を細めた。

彼女の表情の変化を見ていると、随分と柔らかくなった……としみじみと思う。

まだ固い部分はあるし、見慣れた無表情の時もあるけど、それを差し引いても感情の変化が分かるようになった。

【師匠から卒業？（独り立ちして、ここから頑張らないと。不安もあるけど……）】

「来栖がもう少しってことなら手伝うよ。まぁ人付き合いなんて正解がないから、俺が知る限りになるけどね。でも、もう月末だもんな」

彼女は頷《うなず》き、天を仰ぐ。

前に決めたタイムリミットは、あの場で来栖を説得するための方便だった。

だから、彼女が望めば俺は手伝うし断るつもりはない。

けど、真面目な来栖は俺のもとから卒業して自分で頑張りたいと強く思っているようである。

……そういう意思があるなら、尊重しないといけないよな。

俺が彼女を縛って交友関係を狭めたら、手伝った意味がなくなってしまう。

だったら、彼女の背中を押して、本当の友達ができることを応援してあげるのがいいのかもしれない。

「来栖、今日の感じであればいいと思うよ。後はこれからの生活で少しずつ経験を重ねるだけ」

【本当？】

「嘘《うそ》は言わないよ。もし失敗しても骨は拾ってやる」

俺がそう言うと来栖は一生懸命にタブレットへ書き始めた。

【今までありがとう師匠。たくさん教えてくれて、助けてくれて本当にありがとう】

来栖は口の端を僅かにあげ、嬉しそうな表情を作る。

最初の頃よりは、幾分かマシになった笑顔を見て俺はグッと親指を立てた。

来栖は自分のカバンを大事そうに抱きしめる。

【バイバイ】

「おう、じゃあな」

来栖は丁寧に頭を下げ、去っていった。

ただの挨拶なのにそれが名残惜しくて、俺は人混みに消えてゆく彼女の背中を見えなくなるまで見ていた。

今度は友達ができた時に話すことになるのだろうか？

「……俺も帰るか」

そう呟き俺は、人混みから遠ざかる。

今日はなんだか遠回りして帰りたい気分だった。

「――律」

そんな声が聞こえ肩をとんとんと叩《たた》かれた。

驚いて振り向くと霧崎が笑っていて、振り返った拍子に彼女の指が俺の頬《ほお》に当たった。

してやったりと、ニヤリと笑う彼女に俺は思わず苦笑する。

「え……霧崎？　帰ったんじゃ……」

「まだ六時だし」

「それ理由になってなくない？」

俺が呆《あき》れたように言うと霧崎は頬に当てた人差し指を撫《な》でるように動かした。

人前でやってきたその行動が恥ずかしくて俺は不服そうな視線を彼女に向ける。

彼女は手を離しにこりと笑うと俺の横にぴたりと並んで、空を見上げてからふぅと息を吐いた。

「それでどうしたの律ー？　もしかしてフラれちゃったとか⁇」

「彼女がいるのに告白なんてしないよ」

「そっかそっか。そういえばそうだったよね。すごい悲しそうな顔してたから、そっち方面の話かと思った」

「……悲しい？」

「哀愁漂うような感じ」

「……そういう表情してるのか、俺。自分じゃわからなかったなぁ」

……そうか。

ある種の同情から始まった関係だったけど、この日々が案外好きだったんだな。

綺麗《きれい》な声に触れられるこの日々が……。

俺は天を仰ぎ、息を吐く。

夜空に白いモヤが広がり、すぐに消えていった。

――まぁ、弟子はいずれ師匠から離れるものか。

俺はそう納得し、表情を整える。

それを見ていた霧崎が俺の腕を摑んで、引っ張ってきた。

「律って他人のことはわかるけど、自分のことは本当によく分かってないね」

「ははっ。たしかに。言われないと気づかないもんだな」

「ほら行くよ、律」

「行くって？」

「カラオケ。なんかめっちゃ歌いたい気分なんだよね。力一杯シャウトしたい」

「いいな、それ」

「じゃあ、決まりってことで。満点が出るまで帰れませんをやるからね。今日は帰れないかもよ？」

「いやいや～俺はミスターパーフェクトだから問題ないな」

俺が自慢気に言うと、霧崎は「お手並拝見だね」と屈託のない笑みを浮かべた。

「……ありがとな」

「んー？　なんのことだか私にはわかんない」

「そっか……」

「あ、でも。今日の買い物はノーカンだから。たまたま会っただけだしねー」

「え、マジ？」

「当然でしょ？　約束は約束。偶然は偶然。この前の約束を簡単に片付けないでよねー」

「ははっ。わかったよ」

俺が頷くと、霧崎は「よろしい！」と言い笑って見せた。

夜の街を俺と霧崎は並んで歩く。

この後は、大した会話はしていない。

けど、それが今の俺には有難《ありがた》かった。

第五章

俺にだけ聞こえる心の叫び

三月の最終日にある登校日を迎えた。

これは学校による恒例行事で、定年を迎える先生や新しい先生の紹介があったりする。

まぁでも貴重な春休みを一日削るから、生徒からは非難囂々《ごうごう》でサボろうと考える人も少なくない。

だけど、既存のクラスで過ごす最後の一日でもあるからクラスに思い入れがある人は進んで学校に来ていた。

俺からしたら、毎日のように学校へ来ているので特別な日でも日常と変わらない。

そんな中、俺の耳に嬉《うれ》しい話が届いてきた。

「最近、来栖《くるす》さんって変わった？」

「うんうん！　なんか前よりは取っ付きやすくなった気がする」

「まぁ相変わらず、謎なことも多いけどねっ」

「あははっ。確かに確かに〜」

笑いながらそんなことを話す女子生徒。

この様子からも分かる通り、クラスメイトから前みたいな避けられ方はしていないようだ。

彼女と接し始めてから約二か月。少しずつ行動を重ねた彼女の努力が実った結果なのだろう。

俺は教室の前を通りかかった時、気づかれないように彼女の様子を窺《うかが》った。相変わらず表情の変化に乏しいが、どうやら嫌悪感は示されていないみたいだ。

話しかけている生徒もいるし、来栖からも話しかけている。

【提出物を出してください】と、先生に頼まれたことを実行していた。

……真面目だなぁ。

頑張る彼女を見ていると何か込み上げてくるものがあったけど、俺は話しかけずにそのままクラスの前を通過した。

後で、スマホからメッセージでも送ろう。

そんなことを思っていると、やってきた霧崎《きりさき》が俺の背中をポンと叩いてきた。

「律《りつ》、なんだか嬉しそうね」

「そうか？」

「自分では気づいてないかもだけど……めっちゃ顔が緩んで情けないよ？」

「え、マジ？」

俺は自分の顔をさすり、頬をつねった。

嬉しくてだらしない顔になってるのかと思ったんだけど……あれ？

緩みも何もなくいつも通りな気がする。

それとも無意識か？　いや、わからん。

「なぁ俺ってそんなに変な顔をしてた？」

「ううん。してないけど」

「………うん？」

「この前のことがあったし、やっぱり寂しいのかなぁーって」

「嵌《は》めたのかよ……ったく」

「ごめんごめん。でも反応を見るに図星みたいじゃん」

俺の髪をぐしゃぐしゃと撫《な》で回《まわ》し、屈託のない笑みを向けてくる。

自分の感情をこうも簡単に当てられたことが悔しくて、霧崎から顔を背けた。

「ふふ。律って案外、女々しいところがあったのね」

「……悪いかよ」

「ううん全然。でもなんか安心した」

「安心？」

「ほら律って変に悟ったところがあるでしょ？　落ち着いてて大人びてるから、なんか年相応な感じがしないんだよね。『弱味《よわみ》は見せませんよ』的なところもあるし」

「…………」

「だから、律にも可愛《かわい》いところがあるんだって。親近感が湧いちゃった」

嬉しそうに微笑《ほほえ》む霧崎に、俺は「うるせー」と不貞腐《ふてくさ》れたように答えた。

拗《す》ねた子供のような態度になってしまい。

それは、自ら彼女が言ったことが図星であると言っているようなものだった。

「まぁでもさ。瑠璃菜《るりな》とは今生の別れでもないんだし、また話せばいいんじゃない？」

「……今はやめておくよ。別のクラスの人間が急に訪ねると微妙な雰囲気になるだろ？」

「あー確かに注目はされるかも」

「だろー？　今は本人の印象を良い方向に作る大事な時期だから、余計な茶々を入れないようにしたい」

「なるほどねー。関係なく仲良くすればいいのに」

霧崎の言いたいことは分かる。

けど、俺だけが関わりに行ったら彼女が目標とすることは狭い世界で終わってしまう。

努力した結果は報われないとな。

……あれ？　そういえば霧崎はあの日以来……来栖とどうなんだ？

俺はふとそのことが気になり、彼女に聞いてみることにした。

「なぁ。霧崎はあれから来栖とは話してないのか？　この前で仲良くなったように見えたけど」

「話すよー。瑠璃菜って人懐っこくて私を見かけたら駆け寄ってくるから」

「ははっ。めっちゃ犬っぽい行動だな」

「確かにそうかも。めっちゃ可愛いんだよね」

良かった。話してたんだな。

あの場だけじゃなくて次に繋《つな》がったなら、この調子でいけば問題ないだろう。

うんうん。安心安心。これからが楽しみだよ。

「じゃあ来栖も無事に友達が出来たってわけだな」

「うーん。そうかもね？」

「疑問系ってことは……違うのか？」

珍しく歯切れ悪く言う彼女に俺は首を傾《かし》げる。

問いただすつもりはないが、霧崎は納得しない様子をみせると、言いづらそうな顔をして、「私の口からはなんとも。でも仲良くなったのは間違いないよ」と言った。

「なんだその含みのある言い方……」

「とりあえず言えるのは、瑠璃菜の初友にはなれないって感じ」

「ふーん……。まぁ色々あるのか……？」

「そうそう。女の子の心は海よりも深いんだからねー」

変なはぐらかし方をする彼女の顔をじっと見る。

きっと話す気はないんだろうなぁ。

俺の視線を意に介さず、何故《なぜ》か茶目《ちゃめ》っ気《け》たっぷりにウインクしてきた。

でも、自分でやっておいて恥ずかしかったのだろう。

顔を薄《うっす》らと赤く染め、俺の腰をつねってきた。

「……痛いんだが？」

俺がそう言うとわざとらしく咳《せ》き込み窓の外を見る。

「あーで、でも、とにかくこれから大変だね」

「大変？　たしかにそっか」

「律もそう思うでしょ。あれだけ可愛いんだから、男子が放っておかないんじゃない？

今まではよくない噂《うわさ》があって近づかなかったけど、緩和したわけだし」

「まぁな。関わる人間が増えたりしたらその分トラブルは起きるもんだ」

「だねー」

俺と霧崎はそんな話をしながら、自分の教室に戻った。

……関わりがなければトラブルはゼロ。

起こるキッカケがないのだからまぁ当然である。

逆に友達が増えていけば、その分巻き込まれる可能性は増えてしまう。

だけど、それは仕方ないこと。

そういうのを乗り越えてゆくことで成長をしてゆくものだから。

遅かれ早かれ、何かしらはあるだろう。

そして——それは唐突に前触れもなく訪れた。

「知ってますか？　鏑木《かぶらぎ》さん。なんか来栖さんが揉《も》めたらしいですよ」

順調なときほど慎重に。

これは世の常であり、法則である。

そんな俺の嫌な予感は見事に的中してしまったようだ。

「来栖が揉め事……？」

定年を迎える先生へ渡す花の準備を雛森《ひなもり》と一緒にしているとき、唐突に言われたことを俺は聞き返した。

『こんなに早く？』という驚きと共に、不安が押し寄せる。

あいつ……大丈夫か？

俺はすぐに駆けつけたくて教室を出ようとしたところで、「もう解決してますから大丈夫ですよ」と雛森に止められた。

「解決してたのか……驚かせるなよ」

……良かった。

こんなすぐに面倒ごとになったら、来栖のメンタルが心配だ。

表情ではわからなくても、内心でかなり気にする奴《やつ》だしな。

俺は、ふぅと息を吐きそっと胸を撫《な》で下ろした。

「あれあれ？　やっぱり鏑木さんは気になるみたいですね⁉︎（この動揺っぷり！　やはり来栖さんと只《ただ》ならぬ関係っていうのは本当みたいですね！　春休みに教室デートをしていたみたいですし‼︎　くぅ〜！　羨ましい〜！）」

「…………」

俺は無言で雛森を見る。

相変わらず、心の中が騒がしくてため息しか出てこない。

「まぁ仲は悪くないからな。気になるだろそりゃあ」

「特別な関係と？」

「なんでもそっちの話に持ってくなよ。それで、何があったんだ⁉︎」

俺が軽くあしらうと、雛森は「ケチッ！」と頰《ほお》を膨らませた。

それから、簡単に今朝あったことを話し始める。

「なんか来栖さんが喧嘩《けんか》を止めたんです。あのクラスって仲良し二人組がいますけど、その二人の」

「それは頑張ったな……凄《すご》いじゃないか」

「ですよね！　来栖さんは喧嘩が始まって直《す》ぐに間に入って【喧嘩はダメ】って止めていたそうですよ。中々に荒れていたらしいですから、勇気がありますよね〜」

「そうだな……それは普通に凄い」

前だったらそういうのに首を突っ込みそうになかったけど、仲良しな二人に対して思うことがあったんだろう。来栖なら、仲良しこよしのあの関係が羨ましくて壊したくないと思っても不思議じゃない。

「喧嘩の理由ってなんだ？　まぁ激しいとなると色恋沙汰な気がするけど」

「お！　流石《さすが》は鏑木さんですねご名答です。詳しくは知りませんが、『彼氏を奪った奪われた』で揉めていたみたいですよ。まぁですが、最終的には二股をかけていた男が悪いとなって男子の顔面を平手打ちでバチコーン！　って、幕を閉じたみたいです」

「……そうなのか」

「浮気男には鉄拳制裁を！　まぁそんな感じで気分爽快な終わり方をしたみたいです。だから鏑木さんも浮気はダメですよ⁇」

「しねぇよ」

俺は頭を掻《か》きため息をついた。

雛森は浮気の忠告をしたかったのか。

だから、この話題を振ったんだろう。

まぁいつも通りの探りもあるだろうけど。

それにしても、来栖は偉いな……。自分に関係ないのに止めに入ってさ。

これをキッカケに周りの彼女を見る目も変わるだろう。

「なぁ。だったらなんで来栖が揉めたって言い方したんだ？　その話だと当事者同士で解決してんだろ？」

来栖は揉めたというよりは、喧嘩を止めたある種英雄的な感じだ。

そうなると、雛森の言い方は誇張ってことだけど。

「それはですね。女の子同士が摑《つか》み合いの喧嘩に発展しそうで……」

「〝しそう〟ってことは未遂なのか」

「けど、罵詈雑言《ばりぞうごん》の嵐で来栖さんがかなり当たられていたんですよ。でも、来栖さん凍《い》てつくような無表情で殴り合いとかにはならなかったみたいですが……」

「…………」

「まさに絶対零度。来栖さんの行いには称賛の嵐だったみたいですね。しかも、心配したクラスメイトからの言葉に【問題ない。気にしてない】とクールに答えたそうです。ほんと、メンタルが最強ですよね」

讃《たた》えるように手をパチパチと叩《たた》き、雛森は感心したように言う。

きっと、喧嘩を見ていた人も同じことを思ったんだろう。

俺と違って表面的なものしか見えないから。

「気にしてない。たしかに……見えるよな」

「えっと、どうかしました？」

「いや、なんでもない……。早く終わらせようか」

「あ、ちょっと鏑木さん！　急に急がないで下さいよ？」

俺は生徒会の手伝いを急いで終わらせることにした。

◇◆私は我慢したい◆◇

『何も知らないのに入ってこないでよ‼　いつも黙って何考えてるかもわかんないし、まるで感情がない人形みたいなのにさ！』

私はさっき言われた言葉を思い出し、箒《ほうき》を握る手に力が入った。

今日はあのクラスで過ごす最後の日だったのに、挨拶は出来なかったな……。

でも、前よりは話が出来たと思う。

最初の頃と比べると、最後にようやく普通に出来た。

それは嬉《うれ》しかったけど……嫌な形で終わっちゃった。

けど、ああ言われるのも仕方ないよ。

私は何も出来なくて、下手くそで、表現が下手なんだから。

……喧嘩を止めるのは勇気がいった。でも、色々と話してくれた鏑木君のことを考えると不思議と体が動いていたの。

大したことは出来なかったけど、少しは役に立ったと思う。

友達なのに……話すこともしないで…………酷《ひど》い喧嘩はダメだよ。

私は空を見上げて、目を細める。

いつも以上に明るい空を見ていると、体の底から顔に向かって込み上げてくるものを感じる。

ダメ……絶対にダメ。

こんなことで悲しくなるのは……。強くならないと……。

大きく息を吸い、心を落ち着かせようとする。

こんなことですぐ落ち込んでいたら、いつまで経《た》っても私は強くなれない。

鏑木君と対等な存在になんて、なれっこない。

だから、絶対に泣いちゃダメ。

もっと頑張って……彼に伝えないといけないから。

今、彼は来ない。卒業した私にわざわざ会いになんて来ない。

だから今は……我慢。我慢しなきゃ。

成長した私にならないといけないから……。

「……来栖。今日も真面目で偉いな」

そんな声が聞こえ……落ち着かせようとする私の心が一気にざわついた。

◇◇◇

放課後になり、俺はいつもより早めに教室を出て来栖のクラスに向かった。

クラスの様子を窺《うかが》うと、どこかピリピリとした空気は違うクラスである俺にも伝わってきた。

でも、一段落は着いたのだろう。

左側の頬を真っ赤に染めてひたすらに謝る男子と、顔を背ける女子たち。

後は当事者同士が解決してくれそうに思えた。

だが、そこには来栖の姿はなく俺は校内を歩き彼女を探す。

そして校舎裏のボランティアで一緒に掃除をしたあの場所近くで、

（……我慢。我慢しなきゃ）

という彼女の声が響いていた。

「……来栖。今日も真面目で偉いな」

俺が来たことに気がついた来栖は、竹箒《たけぼうき》を見せつけてきて『掃除をしてます。偉いでしょ』と言いたげな顔をした。

いつもの無表情ではなく、練習で手に入れた作られた表情を見て俺は唇を噛《か》み締《し》める。

「俺も掃除。一緒にいいか？」

【一人で出来る。問題ない（ダメ……。今、鏑木君に見せたら迷惑かける……の）】

「…………」

泣きたくて、辛《つら》いのに、でも感情の整理がつかない。

負けないように必死に耐える心の声はずっと聞こえてきている。

……彼女は確かに努力家だ。強い気持ちを持って頑張ろうとする。

愚直に、真《ま》っ直《す》ぐに、ひたすら真面目に。

だけど、それはただ単に実行する意志が強いだけで……決して彼女の心が強い裏付けではない。感情が分かりやすく表れないだけで、傷つかない人間なんているわけがないんだ。

それが俺には聞こえるから、気がついた時には話しかけていた。

「知ってるか来栖。我慢は美徳って日本人特有の文化があるけど、あんなの嘘《うそ》だからな」

（嘘……？）

「辛い時は、泣いてもいいし、叫んでもいいんだよ」

俺の言葉に来栖は手を止めて俯《うつむ》いた。そんな彼女の頭に手を置き、優しく撫《な》でる。

「たまには肩の力を抜いて、泣いてもいいじゃないか。泣いて泣いて、ストレスを発散。それでいいんだよ。案外、スッキリするもんだぞ？」

(泣くのはダメ……弱くて、不快に思われる)

来栖は首を振り、強い意志のこもった目を俺に向けてきた。

目が赤い。大きな瞳には涙が浮かんでいる。

……我慢しているのを隠せてないじゃないか。

感情を上手《うま》く吐き出せない気持ちは分かる……だったら、俺に出来るのは――

「なぁ。たまには休んでもいいんじゃないかな」

(……休む？)

「なんのことって顔をしてるなぁ。ほら、掃除も大変だし、普段の勉強も疲れが溜《た》まってきたんじゃないか？　だからこその休憩。疲れて欠伸《あくび》して、涙が出るかもしれないけど……まぁ、それは仕方ないことだよ」

俺は微笑《ほほえ》みかけ、彼女に妥協案を示した。

別に泣くわけじゃない。ただ、ちょっと休んで、その過程で負の感情をそこに置いてゆくだけだ……そう考えてもらおうと思って。

来栖は黙ったままだったが、俺の意図が伝わったのだろう。

手にぎゅっと力が入ったようだった。

（いいの……？）

「あ、ちなみに俺って無駄にたっぱがあるから、来栖の姿を隠すぐらいできるし、誰も来ないように睨《にら》みを利かせとくこともできる。だから、何も知らないし、誰も分からないよ」

（……少しだけ）

来栖は無言のまま、俺の胸に顔を埋《うず》める。

表情は見せず、すすり泣くような声も聞こえない。

けど感情を溜め込んだ彼女からは、大粒の涙が零《こぼ》れている。

相変わらず声は出ない。ただ静かに泣いて、涙を流しているだけ。

だが、俺には嗚咽《おえつ》を漏らして泣くそんな心の声が聞こえていた。

「よく頑張ったな、来栖。本当に偉いし凄いよ。それは誇りに思って。だけど同時に、弱《よわ》味《み》を見せていい人がいることを忘れないでくれ。俺は何があっても気にしないよ」

俺はそう言って彼女の頭を撫でる。

その言葉に長年溜め込んだものが、一気に押し寄せたのだろう。

（……ありが、とう。鏑木君）

肩を震わせ泣き続ける彼女を、俺はそっと抱きしめたのだった。

エピローグ

「クラスが変わっても仲良しでいようねぇ〜‼」

「うんっ！」

そんなやりとりが廊下を歩いていた俺にも聞こえてきた。

今日は二年生の始業式。

つまり、所属するクラスが新しくなる日だった。

そのせいもあってか、さっきみたいにある種の誓いを交わす人たちを今日は何度も目にしている。

……平和に見えるな、ほんと。

俺は廊下から来栖《くるす》の教室を眺めていた。

あの一件があってからというもの、来栖が喧嘩《けんか》を止めた二人組は一段と仲の良い雰囲気を醸し出していた。

心の中で様々なことを思い、わだかまりは水面下で蠢《うごめ》いているが、表面上は最高に楽しそうな雰囲気となっている。

良い方向に変化した——そう思えるだろう。

「まぁこれでいいんだよな。関係が偽物でも、本物と思えば本物でしかないし」

そんなことを呟《つぶや》き、俺はため息をつく。

歪《いびつ》で不恰好《ぶかっこう》な形……。壊れそうなもの、心に抱えるしこりを感じながらも〝楽しい〟雰囲気を保とうとしているのは、クラスという集団としては悪くないのかもしれない。

薄々、気がついてはいても忖度《そんたく》で維持をし続ける。

でも、社会とは元々そういうもので、気持ちなんてわからないから信じるしかないんだ。

そもそも、そんなことすら考えていないのかもしれない。

まぁ何も知らない方が幸せということもある。

俺は、そんなことを考えながら保健室に向かった。

「それにしても……来栖、大事な話ってなんだ？」

保健室に向かっている理由は来栖に呼び出されたからだ。

普通に呼ばれるのではなく『大事な話』と言われると妙な緊張感が襲ってくる。

もしかしたら見間違えなのでは？　と思ったけど、スマホに届いたメッセージには確かにそう書いてあった。

到着すると、既に来栖が来ていて手にはいくつかの手紙が握られていた。

中身がチラッとだけ見えたけど、どうやらあの時の女子からの手紙のようで、それを来栖は熱心に読んでいる。

「良かったな。最後にクラスメイトと交流できて」

【嬉《うれ》しい（……こんなにたくさん手紙を貰《もら》えるなんて……また話したい）】

彼女は俺の声に気づき、そんな反応をみせた。

笑顔特訓の成果が出たのか無表情ではなく、ぎこちなさは残っているが笑みを作る。

その笑顔に手応えを感じたからか、どこか得意気な表情をした。

俺から感想を欲しい来栖は、じーっと視線を送ってくる。

「いい感じじゃないかな」

【練習の成果（……もっと練習して、鏑木《かぶらぎ》君みたいに素敵な笑顔を）】

来栖は自分の頬《ほお》を引っ張り心の中で何度も笑顔トレーニングの言葉を呟く。

だが。その途中で何かを思い出したのだろう『ウイスキー大好――あ』と呟き途中で、表情が急に強張《こわば》った。

「どうした来栖？　何かあった⁇」

【鏑木君に言いたいことがある。とても大事なことで（……大事なことを伝えたい）】

「……うん？　どんなことだ？」

【大事な気持ち（……今、言わないと後悔する。弟子を卒業したから伝えたい。対等にな

ったからこそ言える)】

「へ……?」

来栖の目が俺を真《ま》っ直《す》ぐに捉えた。

真剣な表情に、何か決意したような……。

その目に押された俺の口からマヌケな声が漏れ出ていた。

……どうした急に。

てか、大事な話ってやっぱり……?

まさかこの流れで告白——いやいやないないない!!

突然訪れたいつになく真剣な目と心の声のダブルパンチに、俺の気持ちが激しく動揺した。

……まさか?

弟子を自称しなくなったのは、こういうこと……なのか?

弟子と師匠では恋愛なんて出来ないと思ったからなのか?

確かに、それだと、卒業したがっていた理由に説明がついてしまうが……。

待て待て!　でもこのタイミングで告白なんて、普通だったら雰囲気とか作って言うもんだろっ!?

あ……でも、来栖なら有り得るんじゃ……。

俺の心臓が今までにないぐらいに高鳴っている。

激し過ぎて痛いぐらいで、胃酸が喉を通って逆流してきそうだ。

どうする……？

俺は、今まで告白される前に回避していた。

──年上の彼女がいる。

そんな嘘《うそ》をついて、事前に回避するが鉄則だった。

でも来栖は、〝俺に彼女がいないこと〟を知っている。

さらに言えばこの前のことに心が動かされ恋心を抱き、そして想《おも》いを伝える……っていうのは既定路線だ。

……どうすんだ、俺。

いくら思考を巡らせても逃げ道はない。

「な、なぁ……来栖……？」

来栖を見ると、彼女は潤んだ眼《め》をしていた。

チワワを彷彿《ほうふつ》とさせる縋《すが》るような、強請《ねだ》るような目……。

その目はずるいって……。

俺は、息を吐き改めて彼女の顔を見た。

彼女の視線が俺に決断を──

（友達になってください……そう伝えたい……けど。うぅ、目にゴミが……入った。涙が……）

「…………………」

……無。

一瞬にして気持ちが『無』になった。

はい。

そっか。そうだよなぁ。

馬鹿みたいに真面目な人間がいきなり付き合うって選択肢をとるわけないだろ……。

それで友達になりたい……か。

言ってたよなぁ。対等がなんとかって……はぁぁ。

勘違いとか……恥ずかしくて死ぬ。

心の読める俺は、その言葉がなんだか気恥ずかしくて。

彼女から顔を逸《そ》らし、「知ってるか、来栖。友達って言葉にすると安いんだよ」と呟いた。

【どういうこと？】

「ほら、クラスメイトもそうだっただろ？　あんだけ仲の良さそうな人たちでさえ、あんな風になるし。だから『友達だよね』と口に出さないと維持できない関係って、なんとも言えないよな」

言葉にしないと伝わらないとはよく言ったものだ。

安心や確証が欲しいから、言うことでホッとしたいと考える。

だから……言葉は安い。真実でなくても。

俺からしたら言葉は薄っぺらいし、心だけが真実を口にしてくれるわけだ。

……故に冷めてるのかもしれない。

「ああいう関係って何も言わなくても分かることだろうし。まぁ理想論だけど」

言わなくてもお互いがそう思える。

互いにわかる関係性。俺にはほぼあり得ないけど。

そんなことを思っていたら、来栖は【大好き。友達になりたい】と書いてにこりと微笑《ほほえ》んだ。

心の中では『言葉にして口に出すと安いのなら書いてみた』とドヤ顔で言っている。

「……はは。なんだよ、それ」

友達になって欲しいという申し出が、半分告白みたいになっている。

しかも、来栖の屁理屈《へりくつ》……。

俺は、おかしくて思わず笑ってしまった。

（うぅ……笑わないで）

彼女も自分が書いた内容に恥ずかしさを感じたのか、目を伏せ顔を赤らめた。

「そうだな。来栖とはそう言えるかもな」

そんな無愛想な返事に来栖は、嬉しそうにはにかんでみせて、俺の胸にぴたりとくっついてきた。

「……来栖？」

来栖の目はうるんでいて、上目遣いに俺を見つめてくる。

その姿はキスを求めている彼女と……状況だけ見てしまえばそう思ってしまうことだろう。

だけど、実際は友達が出来たことが嬉しく、感極まって泣きそうになっているのを隠しているだけだった。

それが分かっている俺は過度に動揺することなく、ポンポンと背中を優しく叩《たた》く。

彼女が落ち着くまで『友達』として、寄り添おう。

そう思って。でも一言だけ彼女のために言うことにした。

「勘違いするから……気をつけろよ」

俺の声だけが部屋に寂しく響く。

そんな声に紛れて、『スキ』って声が来栖から聞こえた気がした。

『like』なのか、『love』なのか。

心の声が聞こえる俺にも――それは分からなかった。

あとがき

お読みいただきありがとうございます！

先生推し（先生はヒロインではありません）の紫《し》ユウです。二年ぶりに戻ってまいりました！

前回は一対一のラブコメで登場人物が少なめでしたが、今回は登場人物が多めです。中々、会社の仕事のほうが忙しくて時間がなかったのですが……ようやく書き上げることができました。休みって何？　って状態が続いていたので、今は一息ついています。休みの日に『今、大丈夫？』って、大丈夫じゃないわい!!と、叫びつつ仕事をしていました。まぁ仕事ってそういうもんですよ……ハハハ。

さて、さっそくですが、作品の紹介と設定について簡単にではありますが語っていこうと思います。

この話は、書きたい話、思いついた話を担当編集者のKさんに相談する中で生まれた作品です。

いつも五月雨式で送ってしまいすいませんでした……!!

このラブコメを書くにあたって、実は方向性は決まっていました。設定と仮称を決めてからの相談でしたので！　ちなみに、当初のタイトルは『喋《しゃべ》らない彼女と心の声が聞こえる俺』です。心の声が聞こえるというのはある種ファンタジー的な要素ですが、全部スピリチュアルな話にするつもりはありません。「もし、心の声が聞こえたら自分ならどうするか？」という考えを基に書いています。

主人公の鏑木《かぶらぎ》は心の声が聞こえますが、なんでもかんでも便利ってわけではありません。普段聞こえる声に加えて、心の声まで聞こえていたら煩《うるさ》くてしんどそうですよね……聖徳《しょうとく》太子《たいし》にでもならないと複数の声を聴き分けるのは大変そうです。

まぁでも、来栖《くるす》の場合は喋らない女の子なので、ある意味会話はしやすそうですけど（笑）。

少し今後の予定でも。次巻を書くことがあれば、テーマは「私は律《りつ》の何？」という感じですね。霧崎《きりさき》にスポットを当てつつ書きたいなぁーみたいなことを思っています。霧崎との出会いの話。彼女のつけている大きなヘッドフォンの話とか……色々と掘り下げたいとこですね～。後は友達ができたことで来栖が可愛《かわい》くなる話を書きたいと思ってます。

最後に作品を作るにあたり、編集部のK様、イラストレーターのただのゆきこ様には大変お世話になりました。ありがとうございます。

いやぁ～本当に素敵なイラストですよね！　この話を書くと決めたときに、「心の声」という題材から綺麗《きれい》で透き通るような、というイメージでしたので先生の絵がドンピシャでした！

お手紙をいただければ、お返事を書きたいなと勝手ながら思っていますので是非是非！
ただ、手書きでの返事は出来ないです……字が綺麗ではないので……。
習字、習っておけば良かった!!!! では皆様、またお会いできれば！

紫ユウ

喋《しゃべ》らない来栖《くるす》さん、心《こころ》の中《なか》はスキでいっぱい。

著　紫《し》ユウ

角川スニーカー文庫　23199

2022年6月1日　初版発行

発行者　青柳昌行

発　行　株式会社KADOKAWA
〒102-8177 東京都千代田区富士見2-13-3
電話　0570-002-301（ナビダイヤル）

印刷所　株式会社暁印刷
製本所　本間製本株式会社

Printed in Japan　ISBN 978-4-04-112574-8　C0193

★ご意見、ご感想をお送りください★
〒102-8177 東京都千代田区富士見 2-13-3
株式会社KADOKAWA　角川スニーカー文庫編集部気付
「紫ユウ」先生「ただのゆきこ」先生

角川文庫発刊に際して

角川源義

第二次世界大戦の敗北は、軍事力の敗北であった以上に、私たちの若い文化力の敗退であった。私たちの文化が戦争に対して如何に無力であり、単なるあだ花に過ぎなかったかを、私たちは身を以て体験し痛感した。西洋近代文化の摂取にとって、明治以後八十年の歳月は決して短かすぎたとは言えない。にもかかわらず、近代文化の伝統を確立し、自由な批判と柔軟な良識に富む文化層として自らを形成することに私たちは失敗して来た。そしてこれは、各層への文化の普及滲透を任務とする出版人の責任でもあった。

一九四五年以来、私たちは再び振出しに戻り、第一歩から踏み出すことを余儀なくされた。これは大きな不幸ではあるが、反面、これまでの混沌・未熟・歪曲の中にあった我が国の文化に秩序と確たる基礎を齎らすためには絶好の機会でもある。角川書店は、このような祖国の文化的危機にあたり、微力をも顧みず再建の礎石たるべき抱負と決意とをもって出発したが、ここに創立以来の念願を果すべく角川文庫を発刊する。これまで刊行されたあらゆる全集叢書文庫類の長所と短所とを検討し、古今東西の不朽の典籍を、良心的編集のもとに、廉価に、そして書架にふさわしい美本として、多くのひとびとに提供しようとする。しかし私たちは徒らに百科全書的な知識のジレッタントを作ることを目的とせず、あくまで祖国の文化に秩序と再建への道を示し、この文庫を角川書店の栄ある事業として、今後永久に継続発展せしめ、学芸と教養との殿堂として大成せんことを期したい。多くの読書子の愛情ある忠言と支持とによって、この希望と抱負とを完遂せしめられんことを願う。

一九四九年五月三日